http://www.bbulmedia.com

http://www.bbulmedia.com

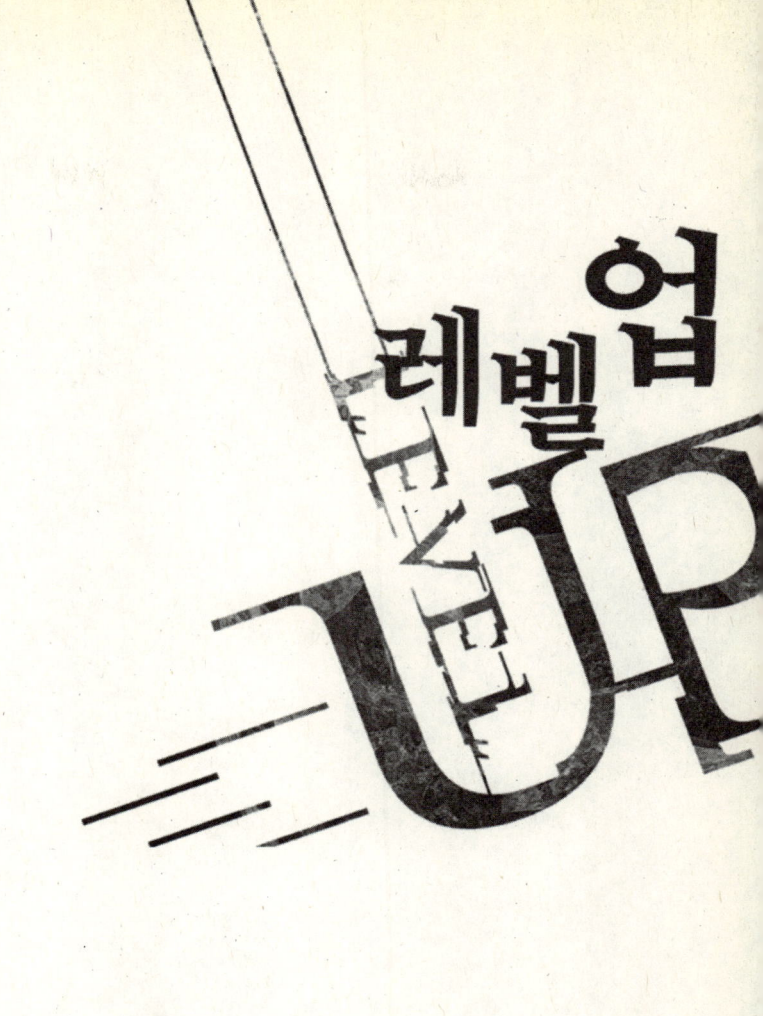

크로스번 판타지 장편 소설

동방신 이누타브

# 레벨업 4

뿔미디어

## CONTENTS

제1장 결말 ... 7

제2장 대천문 ... 63

제3장 이누타브의 샘물 ... 145

제4장 샘물의 동쪽 ... 229

제5장 세이브 포인트 ... 269

제1장
**결말**

"이거 놓지 못해! 제기라아아알!!"
마른하늘에 찢어질 듯한 비명 소리가 울려 퍼졌다.
"정말 이걸로 되겠나?"
발버둥 치는 디건의 양손을 밧줄로 꽁꽁 묶은 키타론이 의심스러운 듯 말했다. 나는 어지러운 갑판을 정리하다가 힐끔 그쪽을 바라보며 말했다.
"충분하지."
"으음."
막큘도 마땅찮은 눈으로 디건을 바라보았다. 디건 정도의 마도사라면 4클래스 주문은 수인영창 없이도 자유자재로 사용할 수 있기 때문이다.

하지만 바인드 주문은 마력의 활류도 억제하는 힘이 있다. 거기에 마력과 기력이 고갈된 상태라서, 마법은 자살행위일 뿐이다.

"……."

이윽고 발까지 꽁꽁 묶여서 처박힌 디건이 잠시 고개를 숙이고 침묵했다.

놈은 이내 기력을 되찾고 나를 노려보았다.

"당장 나를 놓아주지 않으면 데빌 크라켄의 제어를 풀어 버리겠다. 저 마수가 내 통제를 벗어나면 이따위 배가 1분이라도 견뎌 낼 것 같으냐!"

이놈은 시동어를 외치는 것만으로도 마수를 자유자재로 조정할 수 있는 모양이다.

하지만 나는 느긋하게 웃었다.

"헹."

마인드 리딩!

"—그럼 잡혔을 때 당장 풀어 버리지, 왜 망설이고 있냐. 네가 우리 목숨 걱정할 처지냐?"

병신 같은 놈.

허세왕 앞에서 허세는 통하지 않는다!

"…이, 익…."

디건은 살짝 당황한 표정을 지었지만 이내 포커페이스를 되찾았다. 그게 내 앞에서는 아무런 소용 없다는 사실도 깨닫지 못하고.

"이 몸이 너희 평민들에게 기회를 주는 거다! 여유 부리다간 후회해도 어쩔 수 없을 것이다."

디건의 말에 휘둘린 건 막쿨이었다. 그는 어쩔 줄 모르고 불안한 표정을 지었다. 나는 상황을 정리하기 위해 빙글빙글 웃으며 디건에게 말했다.

"아니. 전혀 아니야."

"뭐라고?"

디건의 반문에 나는 차분하게 설명해 주었다.

"아까라면 몰라도 지금 폭주하면 너도 죽거든. 크라켄의 손이 아니라도, 내 칼에 먼저 죽을 거야."

"내가 못할 줄 아느냐!"

디건이 코웃음을 치며 반격해 왔다. 끝까지 강한 모습을 잃지 않으려는 놈이다. 하지만 놈의 마음속으로는 내가 정곡을 찌른 데 대한 불안감이 있었다.

내가 뭐라고 하고 있을 때 웃음소리가 들렸다.

"쿡쿡쿡…."

"응?"

나는 뒤쪽을 돌아보았다.

카르르기는 뭐가 그리 재밌는지 계속 웃고 있었다. 하긴 저 녀석은 마인드 리딩을 알고 있으니 디건의 행동이 우스울 수밖에. 카르르기가 내 시선을 느끼자 조금 얼굴이 붉어졌다.

"아, 저는 신경 쓰지 말고 계속하세요."

"……."

가끔 생각하는 거지만 불안하다. 이 녀석 설마 남자를 좋아하는 거 아닐까? 그렇다면 진짜로 최악이다.

나는 심드렁하게 말했다.

"정 그렇다면 무리 좀 해 주지."

이누타브 블레이드를 서서히 들었다. 솔직히 체력과 마력 소모가 상당한 편이라서 쓰고 싶지는 않다. 하지만 이 상황을 명쾌하게 해결하려면 이 방법이 제일이다.

내 검극이 크라켄을 향하자 디건이 비웃음을 지었다. 내가 하려는 행동을 눈치챈 것이다.

"큭큭. 저걸 검으로 없앤다고?"

놈이 분노와 짜증을 함께 토해 냈다.

"미친놈!!"

"……."

태양을 가릴 정도로 커다란 몸집에 촉수 하나가 배의 기둥보다 굵다. 살아 숨 쉬며 꿈틀거리는 흡착판이 사람의 공포심을 불러일으켰다.

검이 아니라 대형 단두대 칼날을 수백 개씩 갖고 와서 썰어도 힘들 것 같은 크기다. 키타론과 막쿨이 나를 바라보면서 한마디씩 했다.

"이상한 짓은 하지 마시오."

"항마력도 높아서 마법검으로도 어쩌기 힘들다."

사람을 못 믿는 거냐? 내가 뭐라고 대답하려 하자 카르르기가 입을 가리며 쿡쿡 웃었다.

"아뇨. 한번 해 보세요. 재밌겠네요."

"흥."

나는 기묘한 반발감에 입꼬리를 말아 올렸다. 왠지 카르르기의 말과 행동 하나하나가 다 싫다.

'그렇게 말 안 해도.'

오른팔의 근육에 힘을 주었다. 아까 썼던 반동이 제법 커서 욱씬거리지만 한 번 더 쓴다고 근육이 괴사하진 않을 것이다. 혈관이 끊어지면 성기사 능력으로 회복하면 그만이다.

구우웅.

"소울 인젝터!!"

'할 거라고!'

내 외침과 함께 허공에서 원뿔 모양의 충격파가 터져나왔다. 검극에 다섯 개의 빛 무리가 맺히더니 이내 무시

무시한 속도로 크라켄에게 쇄도했다.

꽈앙.

허공에서 급격히 넓어진 충격파가 형체를 띠면서 크라켄의 몸체에 부딪혔다. 크라켄은 그 순간까지도 자신에게 무슨 일이 일어났는지 알아채지 못하는 것 같았다.

덮쳐 오는 무형의 폭풍우.

그 공세는 이내 나선의 칼날처럼 변해서 크라켄의 단단한 껍질을 뚫고 살을 헤집었다. 정확히 1초 후에 크라켄의 거대한 몸체가 뒤로 밀려나기 시작했다.

그건 마치 거대한 용권(龍圈)이 크라켄을 집어삼키는 것 같은 광경이었다.

[쿠오오오오!!!]

크라켄이 그제야 비명을 질렀다. 자신의 몸이 수백 개의 칼날에 꿰뚫리듯이 난자당하고 있는 것이다.

벗어나려 하지만 이미 때는 늦었다!

콰직. 콰직. 콰지직.

해수면에 크라켄의 푸른 핏덩어리가 튀어 올랐다. 피가 산성인지 핏물에 닿은 갑판이 녹아내렸다. 크라켄의 머리와 중심에 있던 촉수들은 이미 형체를 알아보기 힘들 정도로 뭉그러져 있었다.

"오오오!"

지켜보는 사람들의 얼굴이 경악으로 물들었다.

눈 깜짝할 사이에 대양의 괴수가 문어회처럼 변해 버리는 광경은 누구도 상상치 못했던 것이다.

크라켄은 그러고도 살아서 꿈틀거리며 배로 촉수를 뻗쳤다. 저놈도 경이적인 생명력을 지니고 있었다. 이대로라면 배가 위험할 것만 같았다.

스콰아앙.

바로 그때 소울 인젝터의 마지막 폭발음이 울려 퍼졌다. 크라켄의 몸통 안쪽에서 원구형의 진공파가 거세게 비산하며 마지막 공격을 가했다.

스쥇. 스쥇.

[ 크키이…. ]

짧은 단말마를 끝으로 크라켄은 더 이상 비명을 지르지 못하게 되었다. 전신이 마치 포크와 나이프로 수백 번 헤집은 것처럼 변해 버린 것이다. 잠깐 침묵이 흐르고, 크라켄의 둔중한 동체가 물 밑으로 가라앉기 시작했다.

물 위에는 마치 기름처럼 크라켄의 푸른 피가 둥둥 떠다녀서 괴이한 광경을 연출했다. 사람들의 경악성이 이어졌다.

"으으으으으으!!"

"자, 잡았어!! 크라켄을!!!"

"저 크라켄을 잡다니?! 말도 안 돼!!"

비명과 경탄성이 이어졌다. 특히 선원이나 해적들은

광분에 가까울 정도로 외치고 뛰어다녔다.

특히 키타론은 지금까지 냉정하던 모습이 거짓말인 것처럼 입술을 부들부들 떨더니, 내 어깨에 두 손을 올리면서 외쳤다.

"진짜 바다의 사나이는 바로 너다!!"

"하, 아하하."

나는 오른팔의 속살이 너덜너덜해진 것 같은 고통을 애써 참으면서 웃었다. 키타론이 손을 올리는 바람에 더 아프다!

으익! 제기랄… 착각했다. 이건 혈관 몇 개가 끊어지는 정도가 아니잖아!! 신경 조각이 흩날리면서 골수를 쿡쿡 찌르는 느낌이다.

소울 인젝터를 두 번 쓰면 맛이 갈 정도의 고통이 찾아온다니, 위력 때문에 그 정도의 제한을 둔 거냐.

뭐 그것도 아니라면 모험이 재미없지! 필살기를 맨날 쓰면 재미없잖아?

헛소리로 정신을 추스르자 눈앞에 창이 하나 떴다.

[경험치 2,839,918을 획득했습니다!]
[타이틀 '크라켄을 토벌한 자'를 획득했습니다! 앞으로 선원(Crew) 및 해상 관련 직업자에게 호감도가 +10 체크를

받습니다. 해상 수왕류를 상대할 때 아군의 사기가 공포 상
태로 내려가지 않습니다.]

"와아아아아!!!"
"크라켄을 무찔렀다!!"
갑판은 아직도 혼란과 흥분의 도가니였다. 심지어 냉정한 마법사들도 머릿속에서 이 일을 주워섬기기 바빠 보였다.

[대해적 키타론 실버가 '경외'의 감정으로 바뀌었습니다! 카리스마 체크로 인해 '주종'은 불가능합니다.]

키타론이 나를 진중한 눈으로 바라보더니 말했다.
"최신 대포를 달았던 내 함대로도 크라켄을 쫓아내는 게 고작이었는데, 넌 정말 괴물이다!"
나름대로 칭찬해 주는 것 같지만 딱히 와 닿진 않았다.
"괴물이란 소리는 하지 마."
나는 퉁명스럽게 대답한 후 디건을 바라보았다.
불쌍하단 생각이 먼저 든다.
"으… 어…."
디건은 말 그대로 넋이 나간 표정을 짓고 있었다. 바인드 마법의 영향도 있지만, 방금 내가 한 일이 놈의 정신을 빼놓은 것이다.

입안에 파리가 들어가도 모를 상태라고 하면 딱이다. 안색이 새하얗게 변해서는 팔다리를 사시나무처럼 떠는 모습이 가관이었다.

"말도 안 돼… 이런 일은… 있을 수…."

저런 반응을 보일 만하다.

이블 크라켄은 바다 위에서는 무적 그 자체다. 원래 강력했던 크라켄을 마법 실험과 훈련으로 개조시켜서 3배나 강하게 만든 마법 생물이기 때문이다. 각 왕국의 최신예 함포로도 이블 크라켄을 잡기는 힘들다.

그런데 내 소울 인젝터 한 방에 처참하게 박살 나 버리니, 근 3년간 해 왔던 연구 성과가 몽땅 날아간 셈이다. 덤으로 헤세랄드 왕국의 1년치 예산도.

쉭.

나는 거침없이 디건의 목에 이누타브 블레이드를 들이대었다. 그리고 디건을 정면으로 노려보며 말했다.

"또 남은 수가 있으면 해 봐라!"

아마 없겠지만 말이다.

"……."

디건은 입을 우물거리더니 고개를 푹 숙였다. 놈은 명백히 나를 두려워하고 있었다. 그러면서도 속으로는 이 곤경을 빠져나갈 궁리를 하고 있었다.

'어, 어떻게 하지. 바인드 정도는 20초만 있으면 풀

수 있는데. 역시 그냥 함대를 끌고 올 걸…!!'

지금 디건은 속으로 후회하고 있다. 놈이 크라켄과 단 둘이 온 것은, 자신이 개입했다는 증거를 남기고 싶지 않았기 때문이다.

수군을 끌고 왔다면 우리는 틀림없이 죽은 목숨이었다. 하지만 그 경우에는 헤세랄드에서 폴커의 상선을 습격했기 때문에 전쟁이 벌어지게 된다. 그것도 강대한 폴커 왕국과.

그건 헤세랄드의 왕족인 디건이 절대 바라지 않는 일이었다. 놈은 손해 보는 짓은 절대로 하지 않는다.

반면에 크라켄이 세노틱 호를 침몰시킬 경우 괴생물에 습격당해 침몰한 것이다. 이런 일로 전쟁이 일어나진 않는다.

디건이 이런 수법으로 매장시키거나 없애 버린 배만 수십 척이 넘어갔다. 최신예 군함이 아니면 크라켄과 디건을 감당할 수 없기 때문이다.

방법도 나쁘지 않지만, 디건은 이번에 된통 걸린 것이다. 설마 상선 한 척을 쓰러뜨리지 못하고 자신이 잡혀 버릴 줄 누가 알았겠는가.

이제야 트위스티드의 간부와 대화할 준비가 되었다. 나는 속으로 안도의 한숨을 내쉬었다.

'솔직히 이놈이 파프니르를 꺼내 들 때는 심장이 덜컹했지만….'

이젠 일도 제대로 해결되었으니 이제부턴 내 생각대로

해야겠다. 그 때문에 디건을 죽이지 않고 살려서 제압한 거니까.

"센마 어디 있어?"

머리와 꼬리를 자르고 단도직입적으로 물었다.

상대를 당황시키기 좋은 화법이다.

"…뭐?"

디건은 멍한 표정을 지으며 되물었다. 녀석은 내 말을 머릿속에서 주워섬기며 재빨리 대응을 고민하고 있다.

마인드 리딩!

방금의 질문은 진흙탕을 휘저으면 기억이 떠오르게 하기 위한 것에 불과하다. 디건의 생각이 빠르게 읽혔다.

'센마는 나한테 본부로 복귀한다고 연락한 후 사라져 버렸지. 그래서 어디 있는지 나도 모르겠는데. 이놈이 그년의 종적을 무엇 때문에 필요로 하는 거지? 센마가 혹시 배신한 건가? 어쨌든 지금은 아는 대로 말해 주자.'

디건이 뇌 내에서 정리 작업을 거친 후 입을 여는 시간은 2초였다. 놈 딴에는 이것저것 머리통을 굴려 보는 시간이었다.

"나도 모른다!"

"흠."

일단은 솔직하게 답할 생각인가 보군.

나는 힐끔 주변을 바라보았다. 사람들의 이목이 집중되어 있어서 내가 원하는 대답을 들을 만한 상태가 아니다.

"카르르기! 조용한 방 하나만 마련해 줘! 나머지 사람들은 다시 항해를 준비하고."

"알겠습니다. 하지만 그자의 심문에는 저도 같이 들어가야겠습니다."

젠장… 짜증나게시리.

나는 카르르기에게 버럭 외쳤다.

"지금 그런 거 따질 때야?! 내가 아니면 누구도 안 된다는 걸 누구보다 잘 알 텐데!!"

"……"

카르르기가 내 말에 흠칫했다. 마인드 리딩을 써서 100% 완전한 정보를 얻어 낼 수 있는 건 나뿐이다.

카르르기의 어깨가 으쓱거렸다.

"어쩔 수 없군요."

저 버릇 정말 기분 나쁘다.

"선장! 갑판을 정리하고 해도를 다시 보세요. 막큘 씨와 마법사들은 선원들을 도와서 크라켄 잔해들을 치워 주시고요."

"알겠습니다!"

빠르게 지시가 내려지자 사람들이 일사불란하게 움직

였다. 이곳의 최고 권위자가 카르르기란 걸 알 수 있는 상황이었다.

나는 디건의 멱살을 잡고 배 안으로 걸어 들어갔다.

조용한 갑판에 신발 끌리는 소리가 울렸다.

직. 지익.

디건이 그 와중에도 입이 살았는지 이죽거렸다.

"큭큭… 발버둥 쳐 봤자 네가 할 수 있는 일은 한계가 있다. 날 풀어 주면 목숨 정도는 부지하게 해 주마."

그런 말은 부탁하면서 하는 거라고, 이놈아. 어째 내가 만나는 놈들마다 성격이 이상한 것 같다.

나는 퉁명스럽게 말했다.

"왕족이란 걸 믿고 까부는 거라면 다리몽둥이를 분질러 버린다."

"!!!!!!"

디건의 얼굴이 다시 한 번 경악으로 물들었다. 말하지도 않았는데 자신의 정체가 밝혀졌으니 그럴 만하다.

털컹.

나는 의자에 디건을 앉혔다. 그리고 놈이 정신을 차리기도 전에 빠르게 말을 꺼냈다.

"일단 이름부터 묻지. 이름이 뭐냐?"

"……."

디건은 대답하지 않았다. 하긴 이름을 밝히면 모든 걸

알려 주는 것이니까 당연하다. 나는 맞은편의 의자에 앉으면서 놈의 반응을 살폈다.

그리고 코웃음을 치며 말했다.

"이건 그냥 형식적인 거야. 이봐, 네가 헤세랄드 왕족이란 걸 알고 있는데 누구란 걸 모를 거라고 생각하냐?"

"크읔."

디건은 수치와 짜증으로 죽을 것만 같은 표정을 지었다. 하지만 이대로 순순히 인정하기에도 상황이 여의치 않은 것이다.

'어떻게 하지? 내 정체가 드러난 이상, 이놈을 잡아 죽여야 한다… 하지만 이 상황에서 어떻게….'

디건의 심중이 흔들리고 있다.

나는 기회를 놓치지 않고 상체를 바싹 당겨 앉으며 디건에게 말했다. 이놈의 마음을 잘 파악해야 원하는 답을 끌어낼 수 있다.

"어이, 피차 솔직하게 말하자. 네가 이렇게 나와 봐야 좋을 건 아무것도 없어. 내가 보기에 너는 사명감 때문에 트위스티드에 협력하는 건 아닌 것 같은데…."

"……."

'그건 사실이지.'

디건은 눈을 돌리며 시선을 피하면서도, 마음속으로는 그 사실을 인정했다. 여기서 좀 더 침착하게 나가면 된다.

"간단해."

"뭐가."

디건의 반문에 나는 승부수를 꺼내 들었다.

"트위스티드의 간부들에 대해서 아는 대로 말해 줘. 네가 원하는 선에서 정보를 주면 된다. 충분히 들었다고 생각하면 너를 풀어 주겠다."

"하, 웃기는 소리 하고 있네!"

별안간 디건이 소리를 질렀다. 다시금 디건의 눈에서 광기가 불타올랐다. 동시에 놈의 심지를 지탱하는 프라이드를 엿볼 수 있었다.

"무능한 자는 경멸받을 뿐이지만 배신한 자는 죽음뿐이다! 내가 뭐가 아쉬워서 너 따위 평민에게 그런 말을 해야 하나?"

"호오."

"죽는 건 싫지만 명예 없는 죽음은 바라지 않아!"

나름대로 강단이 있는 녀석이군. 하긴 왕족의 프라이드에 엘리트 의식까지 있으니 그럴 만하다. 나는 순순히 설득시키려면 많은 시간이 필요하단 것을 깨달았다.

그리고 내겐 시간이 별로 없다.

최후통첩을 발했다.

"안 말해 주면 넌 여기서 죽을 거다. 정말 그래도 안 되겠냐?"

디건은 도리어 흉폭한 웃음을 지으며 도발해 왔다.

"죽일 수 있으면 죽여 봐라, 평민."

"……"

말끝마다 평민평민 하지 마! 네놈이 왕족이란 건 알고 있어도 짜증난단 말이다! 나는 화를 간신히 눌러 참으며 빙긋 웃었다.

"그래. 네 입장은 그렇다 이거지."

이놈의 자신감이 어디서 오는지 알고 있다. 내가 디건을 쉽게 죽이지 못한다는 걸 알고 있는데다, 바인드 주문만 풀리면 얼마든지 탈출할 수 있기 때문이다.

그러면 지금부터는 강하게 나간다.

별로 이렇게 되는 걸 원하진 않았지만… 서로 좋게 끝낼 기회를 놓친 거니까 후회하지 마라, 디건 헤세랄드.

"트위스티드 서열 1위는 누구야?"

뜬금없이 말을 꺼냈다.

"뭐?"

기습 질문을 받은 디건이 황당한 눈으로 나를 바라보았지만 재차 물어보았다.

"서열 1위가 누구냐고."

당연히 디건은 대답하지 않았다.

하지만 그 순간, 내 마인드 리딩이 발동하면서 연관된 기억을 밑바닥에서 훑어 냈다. 그 즉시 답변이 읽혔다.

'실종된 라스트 원. 인류 최강의 마도사.'

예상대로다. 신뢰성에 흠잡을 게 없다는 걸 알게 되자 거침없이 다음 질문을 했다.

"서열 2위는?"

"……."

'지금은 죽은 엘프 로드 페드라크.'

기억을 훑는 작업이 한층 더 빨라졌다.

내가 고개를 주억거리는 모습에서 불길함을 느낀 듯 디건이 조개처럼 입을 다물었다. 디건의 눈에 불안감이 감돌기 시작했다.

나는 빙긋 웃으며 말했다.

"왜 그래, 긴장할 거 없잖아? 너는 충성스러우니까 입 같은 거 끝까지 열지 않을 거잖냐."

동요를 감추지 못하고 디건이 힘겹게 반문했다.

"네, 네놈… 무슨 생각인 건가."

"별로 아무것도."

처음에는 마인드 리딩을 쓴다는 낌새도 못 채게 하고 싶었다. 하지만 지금부터는 능력을 이용해서 정공법으로 나가겠다.

"서열 3위는?"

'프론스티. 티마이오스 3세의 아들.'

내 얼굴에 걸린 미소가 짙어졌다. 그럴수록 디건의 얼

굴은 한층 죽어 갔다. 그도 바보가 아니니 내가 무언가를 하고 있다는 사실을 눈치챈 것이다.

"네놈… 설마… 큭!"

죽어 가는 표정을 짓던 디건이 갑자기 이를 악물었다. 그러고는 눈을 감고 다른 일에 집중하려 하는 모습이었다. 내 눈앞에 창이 떠올랐다.

**마도사 전용 스킬 '정신방어' 발동!**

스킬 체크… '마인드 리딩' 과 대결합니다.

호오, 눈치가 꽤 빠른데. 그 찰나에 자신의 생각을 의식 밑으로 밀어 넣었다. 아마 이런 상황을 대비한 훈련도 해 본 모양이다.

"지금 다른 생각을 하고 있겠지?"

"……."

나는 이죽거리면서 디건의 머리를 한 번 손으로 헝클어뜨렸다. 그래도 디건은 자신의 잡념을 떠올리는 데만 골몰하고 있었다. 고위 마법사이니 자신의 정신을 보호하는 법을 잘 익히고 있는 것이다.

하지만 내겐 안 통한다.

나는 아랑곳하지 않고 의자에 앉으며 디건을 농락했다. 끝까지 미소를 지우지 않았다.

"그래. 저항해 봐라. 네놈의 무의식 레벨에서 퍼 올리는 정보까지 감출 수 있으면 어디 해 봐. 과연 네가 어디까지 막을 수 있을까?"

"큭."

디건은 분한지 고개를 떨어뜨렸다.

놈도 그건 불가능하다는 사실을 알고 있다.

그리고 답변 따위 바라지 않는 질문이 연거푸 이어졌다. 확실히 디건이 정신방어에 나서자 쓸데없는 생각이 떠오르는 게 많이 줄어들었다. 게다가 중요한 정보가 점차 희미해졌다.

"서열 4위는?"

나에게는 도리어 좋은 일이다.

'모르는 자. 늘 경갑을 입고 다니고 검사일 거라고만 알고 있다. 볼트의 추천으로 트위스티드에 들어온 자…'

'아, 루시드 드림에서 봤었던 그놈이군.'

볼트에게 부탁받았던 자.

그자의 서열이 볼트보다 높은 걸로 봐서는, 1위를 제외하고는 크게 서열의 의미가 없는 것 같다. 하긴 그래서 센마도 카라얀에게 높임말을 쓰지 않았겠지.

만일 디건의 사지가 자유로웠다면 귀를 잘라서라도 내 능력을 막았겠지만, 놈은 정신방어밖에 할 수 없다.

철저하게 나만 유리한 상황이다.

"크으으…."

그렇게 20분이 지나자 디건의 얼굴은 절망으로 물들었다. 끊임없이 물어오는 기세에, 자신의 정신방어가 통하지 않는다는 것을 알아챈 것이다.

나는 거침없는 성과에 흐뭇하게 웃었다. 한 손에 깍지를 끼며 일부러 들으라고 말했다.

"벌써 트위스티드 간부 서열 10위까지 알아낸 데다, 본거지의 위치랑 휘하 세력까지 대충 알아냈구만. 완전 물어보는 보람이 있는데!"

디건이 손가락 끝을 가늘게 떨었다.

"괴물."

공포심이 급격히 높아지면서 저절로 몸이 반응하는 것이다. 디건은 죽은 물고기 같은 눈으로 나를 올려다보며 중얼거렸다.

"평민, 네놈은… 괴물이다. 어떻게 그런 능력을 가지고… 사람들과 섞여 살 수 있는 것이냐."

놈은 나를 두려워하고 있다. 의도한 것이지만 그 사실이 약간 씁쓸하게 느껴졌다.

"딱히 섞여 살지는 않아."

나는 심드렁하게 말하면서 디건의 의문에 답해 줬다. 마침 목이 말랐기 때문에 옆에 있던 컵의 물을 한 번 들이켰다.

"그래도 이 능력 때문에 피해 본 것도 나름대로 많으니까, 밝히고 살 순 없지."

동료인 그랑시엘과 무로스를 잃어버렸다.

그 사실을 떠올리자 입맛이 씁쓸해졌다.

꿀꺽꿀꺽.

나는 물을 한 번에 다 들이키곤 디건을 지그시 바라보았다. 디건은 내 시선에 움찔하는 기색이 되었다. 나는 빙긋 웃으며 말했다.

"나만 읽는 것도 재미없으니까 네가 읽어 봐라. 이제 나는 너를 어떻게 할 것 같냐?"

"너, 너."

디건의 얼굴이 급격하게 공포로 얼어 버렸다. 놈은 어깨 위밖에 못 움직이는 상황에서 필사적으로 바둥거리며 외쳤다.

"사, 살려 줘! 제발!!"

디건의 잘생긴 얼굴이 일그러지며 비명을 토해 낸다.

"네가 시키는 거라면 뭐든지 다 할께!! 부탁이다! 난 이런 데서 죽을 순!!"

그 말에 속으로 열불이 치솟아오른다. 그렇게 자기 목

숨 귀중한 줄 아는 놈이, 자기 이득 때문에 죄 없는 수십 개의 선박을 침몰시켰냐!

"뭐얼. 아니 왕자님이 이러시면 안 되지."

놈에게 죽은 무고한 인간만 수백 명이 넘을 것이다. 디건의 추한 모습에 경멸감이 들었다.

나는 느긋하게 웃으면서 디건에게 사형 선고를 내렸다.

"걱정하지 마. 네놈의 골수까지 다 읽어 낸 다음에 처리해 줄 테니까. 그때까지는 손가락 하나 건들지 않을 테니까 안심해라."

끝나고 나면 목숨을 보장할 수 없지만 말이다.

"으아아악!!"

디건은 눈을 까뒤집고 기절했다. 나름대로 기억을 보호하려는 필사적인 발악이다. 하지만 6클래스 마스터인 내 앞에서는 소용없는 짓이었다.

"어웨이큰(Awaken)."

3클래스의 주문이 펼쳐지자 디건은 언제 기절했냐는 듯 깨어났다. 적어도 네 시간은 또렷한 정신 상태를 유지하게 해 주는 주문이다. 디건은 깨어나자마자 필사적으로 악을 내질렀다.

"끄아아아악— 으악!!! 아아아아아악!!!"

아무래도 고함을 쳐서 내 질문을 듣지 않으려는 것 같다. 하지만 이것도 부질없는 짓이다.

"사일런스(Silence)."
"……."
2클래스의 주문으로 디건의 성대가 마법으로 막혀 버리자 이내 조용해졌다. 디건이 멍청한 표정을 짓고 있자 나도 모르게 웃음이 나왔다.
"자아, 그럼."
다음으로 이어진 말에 디건의 눈이 공포로 물들었다.
"질문을 다시 시작해 볼까?"

디건을 심문하는 데는 두 시간이 걸렸다. 그동안 키타론이나 막쿨, 카르르기가 문 앞에 찾아왔지만 들어오지 못하게 했다. 거기에 방 안에는 완전히 방음 마법을 쳐 둬서 밖에서 듣지 못했다.
나는 질문이 끝나자 파김치가 되어 있는 디건을 힐끔 바라보았다. 디건은 이제 저항을 포기하고 내 눈만 간절하게 쳐다보고 있었다.
덜컹.
밖에 나오자 카르르기, 막쿨, 키타론이 기다리고 있었다. 그들은 나를 바라보며 눈짓으로 상황을 묻고 있었다. 나는 디건을 바닥에 놓으며 말해 주었다.
"알아낼 건 다 알아냈어. 좀 있다 설명해 줄게."
"알겠소."

카르르기와 막큘은 그 대답으로 납득하는 것 같았지만, 키타론이 디건을 힐끔 바라보았다. 대해적이니 이런 문제에는 훨씬 민감하다.

"저자는 어떻게 할 건가?"

"음… 함부로 죽이면 꽤 껄끄러운 녀석이긴 한데."

그래도 명색이 마법왕국 헤세랄드의 왕자다. 하지만 나는 아무렇지도 않게 말을 이었다.

"살려 두면 더 껄끄럽잖아."

모두가 내 말에 동의했다.

이런 강적을 살려 둘 수는 없는 것이다.

"그렇군요. 하지만 이자를 처리하기 전에 설명부터 들어야겠어요. 일이 어떻게 된 건지."

"물론."

나는 간략하게 내가 알아낸 것을 설명해 줬다.

다들 내 설명을 듣고 깜짝 놀랐다. 그중에서도 가장 놀란 것은 막큘이었다. 막큘은 디건이 헤세랄드의 왕자라는 말을 듣자 혼절할 듯이 놀랐다.

"디, 디건 헤세랄드! 저자가 마법왕국 헤세랄드의 제1왕위계승자라는 것이오?"

"그래."

막큘은 스스로 납득하며 얼굴을 붉혔다. 크나큰 학구열의 흥분 때문에 정신을 주체할 수 없어 보였다.

"그래서 파프니르를 쓸 수 있었군!"

"……."

디건은 수치심을 느꼈는지 입을 꾹 다물고 고개를 돌렸다. 나는 카르르기를 바라보며 말했다.

"목은 갑판에서 벨게."

그토록 경멸하던 평민들 앞에서 목이 베이는 편이 더 수치스럽겠지? 그리고 질질 울고 있는 디건의 멱살을 잡고, 질질 끌고 갔다.

"자, 잠깐!!"

카르르기는 전에 없이 당황하면서 손을 내저었다. 녀석은 디건을 죽인다는 말에 말 그대로 눈이 크게 떠졌다.

"그를 꼭 죽여야 하나요? 헤세랄드 왕자의 목을 베었단 소문이 퍼지면 전쟁이 납니다."

그렇게 스케일 큰 소리를 해도 실감은 안 난다. 나는 무덤덤하게 말했다.

"어차피 디건은 아무도 몰래 온 거야. 여기서 이놈이 죽어도 우리 네 명만 비밀로 하면 알려질 일도 없어."

잠시 침묵하던 카르르기가 흐릿하게 웃었다.

"세상에 비밀이란 건… 없지요."

"……."

그렇긴 하다. 당장 막쿨이든 키타론이든 이 배를 집어삼킬 생각을 하는 놈들이다. 놈들이 이 사실을 자기 이득에 따라 이용하지 않는다는 보장이 없는 것이다.

이런 제길, 거기까진 생각을 못 했잖아? 내가 망설일 때 막큘이 말했다.

"어쨌든 그를 이대로 놓아줄 수 없는 건 사실이다. 이번에야 운 좋게 이겼지만 다음에 누가 그를 막겠나? 후환 때문이라도 가만히 둘 순 없다."

그러자 상황을 지켜보던 키타론이 나서서 막큘에게 물었다.

"이봐. 혹시 마나봉인을 할 수 있냐?"

마나봉인이란 마법사를 제압하는 전문적인 수법이다. 막큘은 잠시 고민하다가 고개를 끄덕였다. 역시 6클래스 마법사쯤 되면 그 정도 수단은 있는 것이다.

"내 마법으론 8클래스 유저인 디건을 제압할 수 없지만, 마력을 제어하는 아이템이라면 여러 개 가지고 있다."

마법사가 저렇게 자신할 때는 절대로 안 풀린다는 뜻이다. 디건은 자신에게 어떤 일이 생길지 알아챈 듯 분노에 찬 표정을 지었다.

키타론이 고개를 주억거리며 대안을 내놓았다.

"란체스터 군도에 마력을 봉인한 채 버리고 가자. 놈의 검 실력이 상당하지만 절대 살아 나올 수 없을 거다."

"란체스터 군도라…."

나는 디건을 힐끔 바라보았다.

란체스터 군도는 동방과 서방 사이에 있는 곳으로, 육지나 바다에 온갖 마수들이 살고 있어서 인간이 살 수 없다는 곳이다.

가끔 약초나 차를 캐러 사람들이 오지만 극히 외곽일 뿐, 그 진면목을 본 자는 없다고 한다. 군도의 마력을 풀어 버린 골든프릭스 용병단을 제외하면.

군도에 살고 있는 거대 마물이나 몬스터라면, 마법이 봉인된 상태에서는 제아무리 디건이라도 상대할 수 없겠지?

카르르기가 나를 바라보며 간절하게 설득했다.

"마음은 알지만 이건 국가의 운명이 걸린 일이에요. 제발 보는 데서 죽이는 것은 참아 주세요."

"쳇…."

내가 머리를 긁적일 때였다.

중후한 목소리가 장내에 울렸다.

"별로 안 참아도 된다네. 내가 그를 구할 테니까."

스컹.

나는 반사적으로 검을 뽑아서 디건 뒤쪽으로 날렸다. 전광이 튀기는 듯한 쾌검이었지만 쓸모는 없었다. 상대는 한끝 차로 내 검을 피하면서 디건의 몸을 잡아챈 것이다. 그야말로 회피의 극에 달한 묘기였다.

디건이 깜짝 놀랐다.

"당신이!"

"꼴사납다, 디건!"

그자가 차갑게 일갈했다.

상대는 흑사자 가면에 장포로 몸을 가리고 있었다. 상체 체격만 봐도 남자란 걸 알 수 있을 정도로 건장했다. 흑사자 가면이 한 걸음 뒤로 물러서는 순간 막쿨과 카르르기가 동시에 외쳤다.

"사이프러스여!"

"명하노니, 속박(Bind)!"

쿠르릉.

갑판에서 나무줄기가 치솟아오르고 카르르기의 트루네임이 흑사자 가면을 속박해 갔다. 그 합동 공격에 웬만한 사람은 당황할 테지만, 흑사자 가면은 도리어 훗 하고 웃으며 손을 내저었다.

가면의 손에서 포효하는 백룡의 문양이 떠올랐다.

**고유스킬 '전군의 천령(Godword of War)' 발동!**
상대가 10초간 무적 상태가 됩니다.

뭐?!

무적이라니!

내가 무적 상태란 말에 당황하기도 전에 결과가 나타났다. 덮쳐 오던 아름드리 나무줄기는 저절로 시들어 버리고, 카르르기의 트루네임은 허공으로 날아가 버렸다.

나는 그 능력이 뭔지 한눈에 파악할 수 있었다. 마법 지식이 6클래스까지 늘어났기 때문이다.

'무효화 능력!'

"귀찮게!"

몇몇 특이한 마물이나 초능력자가 타고나는 희귀한 능력이다. 주문 사용자가 많은 우리에게 가장 까다로운 상대였다.

이대로는 공격해도 헛수고다. 그 사실을 직감하자 함부로 움직일 수가 없었다. 우리가 흑사자 가면을 노려보고 있자, 그는 한 팔에 들고 있는 디건을 내려다보았다.

흑사자 가면의 눈에는 안타까움이 감돌고 있었다.

"자네는 볼 때마다 비참한 꼴이군! 릴카스가 이걸 보면 무슨 소릴 할까?"

디건은 그 말을 듣자 깜짝 놀라서 몸을 떨었다. 왠지 저자 앞에서는 약한 모습이다.

"…제, 제발 스승님에게만은."

'아하! 그랬던 거군.'

이제야 조금 이해가 된다. 디건은 9클래스 대마도사인 릴카스 카르멘스의 제자인 것이다. 그래서 저 나이에 8클래스에 진입할 수 있었던 거군. 내가 속으로 납득할 때 흑사자 가면이 나를 바라보며 말했다.

"나는 트위스티드 서열 4위인 노레트(Norehte)다. 너희 골든프릭스에 우리 간부를 뺏길 순 없으니 찾아가겠다."

정체를 밝히다니 의외다.

그것도 환왕 카라얀보다 윗서열이라니! 그럼 저 장포 밑에 경갑을 입고 있는 건가? 전사인지 마법사인지 감도 잡히지 않는 상대다.

'게다가 레벨창이 보이지 않는다.'

카르르기 저택의 [삐에로] 때와 같은 놈이다. 아마 이놈도 트루네임의 힘을 사용할 것이다. 나는 약간 골치가 아팠지만 겉으로 드러내지 않았다.

그렇다고 물러설 수야 있나!

전설의 허세왕 발동!

"자신만만한데 어쩌나? 보내 줄 수 없다!"

나는 그렇게 외치며 노레트에게 달려들었다. 놈은 트위스티드 서열 4위, 당연히 엄청난 능력자겠지만 상관없다.

나라면, 내가 어떻게든 놈의 능력만 알 수 있다면 전술을 짜서 이길 수 있다!

노레트의 손이 다시 기민하게 움직였다.

'와라!'

나는 도리어 그것을 기다리고 있었다. 나는 놈이 다시 진군의 천령이란 걸 쓸 거라고 생각하고는 살짝 몸을 뒤로 물렸다. 아마 그 능력을 쓰고 나면 무방비일 테니, 그 틈을 노리려는 것이다.

하지만 노레트의 행동은 내 예상과는 다른 것이었다.

"그럼."

노레트의 검은 장갑이 허공에 빠르게 튀어나왔다. 얼핏 차가운 유리병이 보인 것 같았다.

[비법 연금술 '에너지 플루'가 사용되었습니다. 추정 금액 450골드. 시전자 레벨은 20으로 간주합니다.]

익숙한 창이다?!

내가 당황을 감추기도 전에 노레트의 손에서 퍼져 나온 황금 가루가 둘의 몸을 뒤덮었다. 나는 달려들어서 빠르게 일검을 내리쳤지만, 노레트는 다시 익숙한 몸놀림으로 피했다.

"아니!"

내 검을 이렇게 수월하게 피하다니! 왕궁 상급 기사라도 따라 하지 못할 일이다. 그것도 내 검풍의 흐름만 읽고 피한 것 같아서 더 놀라웠다.

이놈의 체술은 권법사인 몽크에 필적하는 게 분명하다. 내가 그 사실에 놀라고 있을 때, 노레트는 흑사자 가면 사이로 마지막 말을 남겼다.

"동방신의 샘물에서 다시 보세."

나는 노레트와 시선을 마주치고 흠칫했다. 어쩐지 저 눈빛을 어디선가 본 것 같다.

슈르륵!

"……."

우리 중 누구도 그 행동을 저지하지 못하고 멍청하게 서 있었다. 그자의 능력은 분명히 우리의 전력을 상회하고 있었다.

적이라면 이런 좋은 기회를 놓치지 않고 공격해 올 거라고 생각했다. 그런데 그냥 도망가 버린 것이다.

그때 카르르기가 머리를 짚으며 비틀거렸다. 카르르기의 눈에 혼란스러운 기색이 감돌고 있었다.

"이, 이런. 내게 쓸데없는 짓을…."

쿠웅.

그러고는 예고도 없이 쓰러져 버리고 말았다.

"카르르기!!"

나는 깜짝 놀라서 녀석에게 달려가서 부축했다. 카르르기의 머리와 몸에 열기가 가득 차 있다. 아까 진군의 천령이 펼쳐졌을 때 뭔가 당한 건가?

기절한 카르르기의 얼굴을 보고 있으니 왠지 기분이 이상해졌다. 분명히 지금까지 계속 봐 왔던 얼굴인데 무언가 달라진 느낌이다. 그 이상한 감각을 머릿속으로 해결하기도 전에 막큘이 말했다.

"그는 괜찮은 것인가?"

"일단 방에 데려가서 치료해야…."

그 순간이었다.

내가 막큘의 마음속에서 이상한 기색이 싹트는 것을 눈치채고 고개를 돌렸지만, 그때는 이미 막큘이 한 동작으로 수인(手印)을 완결시켰다.

"네놈…."

눈을 부릅뜰 때 막큘이 득의양양한 웃음을 지었다.

"바인드(Bind)."

치리링.

저항할 새도 없이 막큘의 손에서 뻗어 나온 주문술식이 내 전신을 옭아매었다. 간편하게 펼쳐 낸 주문이라 위력은 별로였지만 주문저항이 없는 내게는 치명적이었다.

손과 발을 움직일 수가 없다. 목 위밖에 신경이 미치지 않는다. 그것도 마지막에 대비했기 때문이다.

"큭!!"

제길, 이렇게 간단히 당하다니! 정면으로 붙으면 내가 이길 가능성이 더 높은데! 막큘을 진작에 경계했어야 했다.

"이 자식!"

슈슛.

옆에 서 있던 키타론이 엄청난 속도로 쌍검을 뽑아서 막큘의 목에 들이대었다. 바로 베어 버리지 않은 것은 성급한 걸 싫어하는 키타론의 성격 때문이었다.

막큘은 자기 목 위에 시퍼런 장검이 얹어져 있는데도 유들유들한 말투로 말했다. 저놈의 담력도 보통은 넘는 것 같았다.

"아, 그렇군. 너도 있었던가, 남부의 해적왕. 지금 서로 다퉈 봐야 좋은 일이 없다는 건 알겠지?"

키타론이 침착하게 말했다.

"역시 내 정체를 알고 있었군, 마법사. 너는 무슨 속셈으로 반란을 일으킨 거냐."

나는 말을 할 수 있었지만 일부러 침묵한 채 놈들의 대치를 지켜보았다. 적아가 확실하지 않은 상태에서 함부로 움직이면 안 되기 때문이다. 막큘은 키타론의 물음에 간단히 답했다.

"계획을 좀 빨리 실행한 것뿐이다. 이 나는 이런 곳에서 멈춰 있을 시간이 없어. 카르르기의 트루네임은 귀찮으니 지금이 아니면 기회가 없다고 생각했을 뿐이다."

"계획이라니."

키타론이 혼란스러워하자, 막큘은 키타론을 회유하기 시작했다. 말에 자신감이 넘쳤다.

"이대로 너와 내가 힘을 합쳐서 란체스터 군도까지 가자. 그곳에 잊혀진 [서방신]의 힘이 잠들어 있다! 그 힘을 얻는다면 우리는 반신(Demi God)이 될 수 있다."

반신!

그 말을 듣는 순간 키타론의 표정이 크게 흔들렸다. 키타론도 사방신의 전설에 대해서는 들어 본 적이 있을 것이다. 뿐만 아니라 그는 사방신의 힘을 표면으로 느낀 당사자인 것이다.

키타론이 생각했다.

'칼둔의 대공 시스테마인… 그자는 남방신의 사자로서 반룡반신의 힘을 지니고 있어서, 나는 해적단이 괴멸당할 때 저항할 수가 없었다. 기껏해야 부하들과 도망치는 것밖에는. 하지만 나도 반신의 힘을 얻는다면.'

키타론의 힘에 대한 간절한 갈망이 멀리서도 느껴진다. 나는 상황이 안 좋게 흘러가는 걸 깨닫고 이를 악물었다.

"잘 생각해라. 나는 네가 원하는 것을 알고 있다."

막큘의 부추김이 강하게 키타론을 압박했다. 나는 그 상황을 보다 못해 입을 열었다. 더 이상 키타론이 흔들리는 것은 막아야 했다.

"서방신의 힘이 있다니 그런 말은 처음 들었군. 네놈은 애초부터 배신할 생각이었나?"

"크크크. 뭐 그런 셈이지."

가볍게 웃음을 터뜨린 막큘은 어깨를 으쓱했다.

그게 최악의 악수(惡手)라는 것도 깨닫지 못하고.

"카르르기의 선대부터 무려 15년을 봉사했다. 이제 나도 내가 살 길을 찾아 나가야지. 퇴직수당으로 이해해 주게."

"개소리. 이렇게 비싼 퇴직수당이 어디 있어?"

나는 퉁명스럽게 말하고는 빠르게 막큘의 마음속을 읽었다. 놈은 5년 전부터 배신을 계획하고 있었고, 서방신의 유적을 찾아다녔다. 그 결과 란체스터 군도 중심의 화산에 서방신이 잠들었다는 전설을 찾아낸 것이다.

막큘이 나를 힐끔 내려다보며 말했다.

"자네는 뛰어난 마검사지만, 그 바인드를 자력으로 풀 수는 없어. 트루네임의 술식이 섞여 있기 때문에 자네가 아는 파해법으로는 어쩔 수 없을 것이다."

"아, 그러셔."

나는 태연하게 대답했지만 조금 긴장되었다.

그 말대로다. 좀 전부터 주문을 해제하는 파주(Break Word)를 몇 번이나 외우고 있는데 바인드가 풀리지 않는다. 막큘은 오랫동안 카르르기의 측근에 있다 보니 트루네임에도 약간 조예가 생긴 것이다.

키타론이 말했다.

"란체스터 군도는 수왕류도 빠져나오기 힘든 거대 해류가 둘러싸고 있다. 들어가는 건 쉬워도 빠져나오는 건 어쩔 셈이냐?"

"크크크크크크. 너희들은 정말 아무것도 모르는군."

막큘은 비웃음을 크게 터뜨렸다.

"이 세상 곳곳에는 신족이 돌아다니기 쉽도록 초공간 워프가 가능한 지하도시가 여러 개 있다. 그 숫자는 모두 12개. 이제 내가 향할 란체스터 군도의 지하에도 그 대천문(Warp Gate)이 있다."

"대천문이라고! 그게 진짜로 존재한단 말이냐?"

키타론이 어이없는 표정으로 되물었다.

그럴 만했다. 모든 이동계 마법의 극점이라고 불리는 것이 대천문이다. 이론상 대천문이 있으면 세상 끝에서 끝까지 이동하는 것은 일도 아니다. 이계(異界)에서 강력한 존재를 소환하는 것도 식은 죽 먹기인 것이다.

다만 대천문을 만드는 것은 9클래스 마스터가 10명이나 있어야 가능하다고 알려져 있었다. 그래서 대천문은 불가능하다고 한다.

막큘은 진지하게 답했다.

"이미 수도 필리아딘의 지하, 하라빈타의 지하, 그리고 데우스 왕국의 고대 유적에 있는 3개를 확인했다. 그것들은 어떤 마법사에게 봉인되어서 사용할 수 없었지만, 그 목적지는 란체스터 군도였다."

그 정확함에 키타론은 입을 다물었다. 그의 표정이 더욱 진지하게 굳어져 가고 있었다. 갈등 때문에 마음이 복잡하게 뒤얽히고 있다.

"자, 뜻을 정해라, 해적왕. 나를 따라서 신의 힘을 얻을 테냐. 아니면 평생 이런 해적질이나 하며 살아갈 테냐!"

"나는…."

키타론의 침묵은 굉장히 길었다. 그렇게 느낀 것은 나뿐만이 아닌지 막큘도 조금 지루해했다. 실제로는 1분 정도의 시간이었지만 그만큼 장내의 긴장감이 높았던 것이다.

기나긴 침묵을 뚫고 키타론이 말했다.

"아니, 너는."

스가각!!

엄청난 속도로 움직인 키타론의 쌍검이 막큘을 베었다. 막큘도 미리 대비하고 있었는지 자동으로 실드와 공격 주문이 쳐지며 키타론의 습격을 막아 내었다.

"크윽."

막큘은 예상외로 재빨리 수인을 맺었다.

하지만 허공에서 마치 물찬제비처럼 한 번 더 도약한 키타론! 이미 종잇장처럼 실드를 갈라 버린 키타론의 쌍검은, 막큘이 미처 대비할 틈도 주지 않고 뱀처럼 튕겨 나갔다.

옆에서 보고도 믿기지 않을 정도로 사납고 정밀한 검기다. 누가 보더라도 키타론이 초일류 검사란 걸 의심하지 못할 정도다.

"어어."

설마 막큘도 키타론의 검기(劍技)가 그 정도인지는 예상하지 못한 듯 실드를 이중으로 치지는 못했다.

쿠콱.

"크…어어억…."

막큘의 눈이 크게 부릅떠졌다. 둔탁한 소리와 함께 키타론의 검이 그의 목을 관통하고, 다른 하나의 검은 막큘의 팔을 잘라 버렸기 때문이다. 처참한 광경이었지만 나는 눈을 떼지 않았다.

푸슈슈슛.

막퀼의 목에서 비산하는 선혈의 폭포를 맞으며, 키타론의 두 눈에서 분노가 이글거렸다.

"사람을 배신했다. 그런 놈은 믿을 수 없어."

단순하지만 확실한 이유였다.

키타론은 신뢰를 세상에서 가장 중요하게 여기는 자였고, 막퀼은 그것을 몰랐다. 만일 막퀼이 부하들의 목숨을 미끼로 끌어들였다면 이야기가 달라졌겠지만, 키타론 자체를 꾀는 것은 불가능한 일이었던 것이다.

"끄…으… 내가… 이런 곳에서…."

툭.

막퀼은 믿을 수 없다는 듯 팔을 한 번 휘젓더니 이윽고 고개를 떨어뜨렸다. 키타론은 그래도 고통 없이 죽게 하려는지 한 번에 급소를 꿰뚫어 버렸다.

망설임 없이 검에서 피를 한 번 떨쳐 낸 키타론이 내게로 다가오더니 들쳐 업었다.

"괜찮나?"

"주문이 풀리려면 30분 정도는 있어야겠네."

나는 심드렁하게 대답하면서도 안도의 한숨을 내쉬었다. 운 좋게도 상황이 잘 끝났다. 나는 카르르기를 바라보며 말했다.

"카르르기도 같이 데려가 줘."

"그러지."

"휴."

다행이라고 생각했다. 만일 사전에 키타론을 만나서 그와 약속을 하지 않았다면, 이 자리에서 죽는 것은 내가 되었을 것이다.

키타론에게 부축되어서 방으로 향하는 동안 오만 가지 생각이 다 들었다.

서방신… 란체스터 군도… 대천문….

아직까지 이 세상에는 내가 모르는 것들이 무수하게 있었다. 과연 이 소용돌이 속에서 끝까지 몸을 보전해서 모험을 마칠 수 있을까?

"……."

키타론은 나와 카르르기를 한 방의 침대에 눕혀 두었다. 나름대로 배려했는지 조심스러운 손길이지만, 그런 거에 감사함을 느낄 상황이 아니다.

어이가 없다. 내가 멀뚱한 눈으로 쳐다보자 키타론이 나를 돌아보았다.

"왜?"

"몰라서 묻냐?"

나는 거세게 키타론에게 항의했다.

"임마!! 왜 이렇게 눕혀 놔!"

카르르기가 내 바로 옆에 누워 있어서, 서로 입김이 닿는다! 기분 더러워 죽겠단 말이다! 하필이면 사내놈이랑 이러고 있으란 거냐!

"침대가 하나뿐이니까 어쩔 수 없지."

가볍게 내 말을 묵살한 키타론이 낄낄거렸다.

"좌절감이 사나이를 키우는 법! 땀내 나도 참고 있으라고. 나는 선상을 정리하고 오겠다."

"……."

세계 최강의 보병으로 불렸던 장군이 했던 말이군. 은근히 해적 주제에 유식한 거 티 내잖아. 키타론에게 조금 앙심이 생겼지만 이내 마음을 가라앉혔다.

콰앙.

곧 문이 닫히고 방이 어둠으로 물들었다. 창가를 통해 희미한 빛은 들어왔지만 거의 눈앞이 보이지 않았다. 나는 입을 꽉 물었다.

"어우… 제기랄."

옆은 쳐다보지 않는다. 처음부터 끝까지 짜증나는 카르르기의 얼굴이 있기 때문이다. 나는 선실 천장을 노려보며 앞으로 해야 할 일을 생각했다.

만일 대천문이란 게 있다면, 그걸 이용하면 앞으로 내 모험이 편해질 게 분명하다. 세계 각지에 있는 도시들을 마음대로 옮겨 다닐 수 있기 때문이다.

일이 이왕 이렇게 된 이상 란체스터 군도에 가 보는 것도 좋지 않을까? 그곳에 있는 대천문으로 동방으로 가도 상관없는 것이다.

"우우."

그때 옆에 있던 카르르기가 꿈틀거렸다. 나는 녀석을 애써 무시하고 고개를 돌렸다. 깨어나려는 징조인지 꿈틀거림이 더욱 심해졌다.

최악이다.

"쳇."

저놈이 깨어나면 이 상황을 뭐라고 설명해야 하나. 카르르기 놈이 도리어 나를 남색(男色)으로 오해할 수도 있다. 카르르기에게 그런 오해를 산다면, 내 자존심은 바닥으로 떨어져 버린다.

이를 어찌해야 할까.

그런데 상황이 조금 이상했다.

카르르기의 몸이 꿈틀거리면서, 조금씩 놈의 전신이 변화하는 느낌이었다. 괴물로 변하는 것 같진 않았다. 그저 전신의 골격과 크기가 변하고 있는 것 같았다.

카르르기가 내게 달라붙듯이 엉겨 붙자, 나는 징그러워서 외쳤다.

"야! 뭐하는 거야!"

"우우…."

카르르기는 내 말에도 반응하지 않고, 전신에서 비 오

듯 땀을 흘리며 열기를 방출했다. 도리어 그 요동은 갈수록 심해지는 것이었다.

그때 서서히 바인드의 기운이 풀리려는 게 느껴졌다. 목 위만이 아니라 팔 상박까지는 어떻게 움직일 수 있게 되었다. 나는 재빨리 두 팔을 움직여서 이 자리에서 벗어나려 했다.

"헉!"

하지만 잘못 움직였는지 팔이 도리어 카르르기를 안 듯이 되어 버렸다. 내가 당황하고 있을 때 카르르기가 식은땀을 흘리며 잠꼬대를 했다.

"으, 흐윽… 싫어요… 아버지. 전 그렇게 살기 싫어요… 그래도."

눈가에 희미한 눈물이 맺힌 게 보였다.

마음을 읽어 볼까 생각했지만 일단 참았다. 잠을 자고 있어도 카르르기의 방어막은 여전하다. 게다가 잠꼬대 같은 건 무의식을 덮어 버리기 때문에 더 읽기 힘들다.

그때 내 팔에 이상한 감각이 느껴졌다.

물컹.

"……?"

나는 정신이 혼미해졌다. 카르르기의 몸이 점차 작아지면서, 내 팔에 부드러운 게 닿인 것이다. 얼추 생각해도 목 아래의 가슴이었다.

당연한 말이지만 남자의 가슴은 이렇게 부드럽지가 않다. 그리고 튀어나오지도 않았다. 나는 머릿속을 스쳐 지나간 직감을 부정하려고 애썼다.

하지만 점차 바인드가 풀리면서 전신에 감각이 돌아왔다. 그 감각은 전신을 맞대고 안고 있는 상태였다. 처음 봤을 때보다 많이 좁아져 있는 어깨, 그리고 왠지 커져 있는 골반.

거기에 희미하게 나는 향수 냄새가 생각을 정지시켜 버렸다. 이건 부정하려고 해도 부정할 수 없는 사실이다. 지금 나와 몸을 맞대고 있는 카르르기는…

여자다.

"우, 우와아악?"

나도 모르게 비명 소리를 내질렀지만 아무도 찾아오지 않았다. 대신에 카르르기의 뒤척임만 더욱 심해질 뿐이었다.

제길, 노레트 자식!

대체 카르르기한테 뭔 짓을 해 놓고 간 거야?!

덜컹거리며 침대가 뒤엉켰다. 시트가 뒤집어졌지만 나는 아직 감각이 돌아오지 않아서 카르르기를 떼어 낼 수가 없었다.

마구 뒤치다꺼리다 보니 왠지 투명한 드래곤이 생각났

지만 쓸데없는 망상이었다. 그런 잡생각을 하는 사이에 카르르기가 내 위에 올라와서 덮치고 있는 형상이 되었다.

"우웅…."

카르르기의 조그마한 신음 소리에 얼굴이 벌게지고 심장이 쿵쾅거렸다.

희미한 빛 사이로 보이는 카르르기의 얼굴은, 여자라고 생각한다면 흔히 볼 수 없는 미녀였다. 도저히 이성을 유지할 수가 없는 상황이었다.

그때 선실 문이 덜컹거렸다.

쿵쿵.

"어이, J. S!! 상황은 얼추 끝났다. 들어가도 되냐?"

해적이 노크를 다 해 주다니, 이렇게 매너 있는 놈이 있을 수가. 나는 이상한 데서 감동했지만 이내 당황해 버렸다. 이 상황에서 들어와 버리면 안 돼!

"아, 아니, 괜찮아! 들어오지 마!"

"음, 무슨 일 있나?"

키타론이 걱정스러운지 외쳤다.

"적이 나타난 거냐!!"

"아, 아니, 그건 아니고."

나는 말을 얼버무렸다. 어떻게든 이 상황에서 키타론

이 들어오지 않게 하려면 어떻게 해야 할까? 지능이나 지혜를 높여도 딱히 수가 나오지 않을 것만 같았다.

나는 급한 김에 생각나는 대로 외쳤다.

"그, 그래, 야설! 야설을 보고 있다!"

"……."

순간 밖에서 웅성거리던 기색이 딱 멈췄다. 보아하니 키타론 말고도 다른 선원들도 있었다.

아, 어머니.

나는 무슨 짓을 한 겁니까.

이런 곳에서 무슨 인증을.

남은 인생과 지나온 인생을 함께 후회하는 사이에 키타론이 기묘한 웃음소리를 냈다. 그러고는 점차 소리가 멀어졌다.

"음프프. 그럼 수고해, J. S."

척 듣기에도 백 년 묵은 너구리가 웃는 것 같았다.

아아아아아아아악!!!!

나는 속으로 비명을 내질렀다. 피눈물이 솟구치는 것 같다. 어떤 적에게 패배했을 때도 지금 같은 기분은 아니었다. 차라리 죽고 싶다.

내 프라이드! 내 자긍심! 모험가로서의 자부심!

전신의 피가 마구 역류한다.

내, 내, 내가… 이럴 수가.

그때 카르르기의 의식이 돌아온 듯, 카르르기가 흐리멍텅한 눈을 떴다. 내 위에 올라타 있는 자신을 발견한 듯 처음에는 멍한 표정을 지었다.

그러더니 평소의 냉철한 녀석답지 않게 얼굴이 붉어지면서 내 가슴을 격하게 밀어 버리는 것이었다.

"쿠억."

"뭐, 뭐, 뭐하는 겁니까!"

"너…."

나는 왠지 열 받아서 상체를 일으켰다. 그 바람에 카르르기의 몸이 뒤로 확 넘어갔다. 내가 하반신에도 힘을 주어서 침대에서 일어나려고 할 때였다.

벌컥.

"큰일 났어! 막퀄의 제자들이…."

급히 문을 열고 들어온 키타론과, 우리 둘의 눈이 동시에 마주쳤다. 우리는 그대로 아무 말도 하지 못하고 10초간 얼어 버리고 말았다.

이 자세는….

"……."

"……."

키타론은 갑자기 머리를 짚으며 휘청거렸다. 놈은 내가 카르르기와 호모 짓을 하고 있다고 오해해 버린 것이다.

"크으윽… 괜히 막쿨을 베어 버린 건가. J. S, 너 같은 사나이에게 그런 취미가…."

"아, 아냐!"

"이건 오해예요!!"

나와 카르르기는 급히 없던 힘도 내면서 그 말에 반박했다. 카르르기는 자리에서 일어나서 뭔가 항변하려 했는데 윗옷 매무새가 크게 흐트러져 있었다.

그래서 녀석이 차고 있던 속옷이 그대로 보였다. 그 사실을 눈치챘는지 카르르기가 급히 자신의 상체를 가렸다.

키타론이 놀랐는지 눈을 휘둥그레 떴다.

"뭐야, 여자였냐? 체형은 여자가 아니었는데 지금 보니까 여자네. 아무튼 그런 게 중요한 건 아니니까 얼른 나와 봐!"

나는 이 상황이 우습기도 하고, 아무것도 못하고 있는 내 자신이 환멸스러워져서 소리를 빽 질러 버렸다.

"제길! 바인드가 아직 다 안 풀렸어!"

"바인드에 걸린 건가요?"

카르르기가 옷매무새를 다듬더니 아차 하는 눈으로 나를 돌아보았다. 곧장 그녀가 정신을 집중하며 트루네임을 내게 시전했다.

"명하노니 해제(Dispel)!"

그와 동시에 내 몸을 옭아매고 있던 바인드가 그제야 풀렸다. 나는 몸이 자유스러워지자마자 침대에서 뛰쳐나갔다. 키타론이 안도의 한숨을 내쉬었다.

"다행이군."

"이봐, 말해 두는데…."

나와 함께 좁은 복도를 달려가던 키타론이 고개를 끄덕였다. 왠지 의미심장한 미소를 짓고 있었다.

"알고 있어. 이 형님이 특별히 이해해 주지."

"……"

은근슬쩍 자신을 형님으로 올리고 있었다. 뭐라고 반박하고 싶었지만 약점이 있으므로 차마 말도 못 했다. 그저 속으로 끙끙 앓고 있는 동안 키타론이 내게 상황 설명을 해 주었다.

"마법사들이 머리를 감싸 쥐면서 모두 기절해 버렸다. 일단은 녀석들을 모두 갑판에 모아 두었는데, 이제 어떻게 하면 되지?"

"그건 아마 막큘 놈 때문일 거다."

"막큘?"

키타론은 이해가 가지 않는 표정이었지만, 나는 상황이 짐작이 갔다.

"영혼조작자(Soul Fabricator)라는 게 마법사들의 머리에 심어져 있어. 원래라면 막큘이 시동어를 외치는 순간 인성이 상실되고, 막큘의 명령에만 복종하게 되게 되어 있지."

"주인인 막큘이 죽으면서 벌레가 폭주한 건가."

키타론이 이해가 되었는지 고개를 끄덕였다. 나는 말을 하면서도 뒤따라오는 카르르기를 바라보았다. 이 상황을 해결할 수 있는 것은 카르르기의 트루네임밖에 없다.

그런데 카르르기의 얼굴을 바라보다 보니 왠지 얼굴이 뻘게져서 고개를 돌리고 말았다. 방금 전의 생각이 나서 도무지 말을 꺼낼 수가 없다.

카르르기가 뒤에서 말했다.

"저라면 해제할 수 있어요. 다들 걱정 마세요."

잠시 후 우리는 갑판에 도착해서 예정된 대로 마법사들의 속박을 해제해 주었다. 카르르기의 트루네임은 가히 만능에 가까운 위력이 있었다.

마법사들은 저마다 잠에서 깨어난 듯한 표정을 지었다. 그러면서도 막큘에 대한 기억은 거의 사라져 버린 것 같다.

물어보아도 이 말만을 반복할 뿐이다.

"그건 누구죠?"

아마도 적에게 잡혔을 경우에 자신의 기억을 자동으로 지우도록 되어 있기 때문일 것이다. 막큘은 자기 자신의 행동 때문에 제자들에게도 기억되지 못했다. 그야말로 자업자득이다.

이렇게 해상에서의 소란은 잠시 그 끝을 맞이했다.

앞으로가 더욱 험난해질 것도 예상하지 못하고.

## 제2장
# 대천문

이곳은 식당.

우리 세 명 외에는 아무도 없었다.

"뭔가 말이라도 좀 해 봐."

키타론이 나와 카르르기를 보면서 완곡하게 부탁했다. 막큘이 죽은 지금, 배의 조종권을 가진 건 우리 세 사람이다. 지금 이렇게 식당에 모인 것은 앞으로 어떻게 할지 의논하기 위해서다.

하지만 나와 카르르기는 어제 있었던 일이 쑥스러워서 서로 이야기를 꺼내지 못하고 있었다. 키타론은 우리를 한 번씩 쳐다보더니 포기했다는 듯 한숨을 쉬었다.

"뭐 그럼 일단 이것부터 확실하게 하고 넘어가지."

키타론이 카르르기를 날카로운 눈으로 바라보며 말했다. 장난기 따위 없는 진지한 표정이었다.

"이봐. 당신 남자였잖아? 이래 봬도 나는 눈썰미가 있어서, 남장 여자인지 아닌지 정도는 금방 알아본다. 내가 보아 왔던 당신 체형은 분명히 남자였어. 하지만 지금은 분명히… 여자다. 이게 어떻게 된 일인지 설명이나 해 봐."

그건 나도 궁금했던 사실이다. 하지만 지금까지 입 밖에 낼 용기가 없어서 묵혀 두고 있었다. 카르르기는 키타론의 질문에 잠시 흠칫하더니 침묵했다.

슬슬 우리가 포기하고 넘어가려고 할 때, 결국 카르르기가 압박을 이기지 못하고 입을 열었다.

"저는 태어날 때부터 여자예요. 남자였던 적은 한 번도 없어요. 노레트와 싸울 때 성별이 바뀐 건 아닙니다."

"그렇다면…."

"네. 트루네임의 힘으로 제가 여자란 걸 숨기고 있었어요."

카르르기는 말을 하면서도 허무한 눈으로 허공을 바라보았다. 나는 카르르기가 여자란 걸 알게 되자 왠지 지금까지처럼 녀석을 대할 수 없게 되었다. 그래서 이 자리에서 어색한 게 제일 컸다.

하지만 해야 할 말은 해야 한다.

"그럼 노레트가 그 트루네임의 힘을 해제해 버려서 모습이 드러나게 된 거야?"

"저는 일단 그렇게 생각하고 있어요."

카르르기는 내 질문을 긍정하면서도 이해가 되지 않는 듯한 표정을 지었다. 그녀에게 있어서 노레트란 존재는 신비 그 자체인 것 같았다.

"하지만 있을 수가 없어요. 자랑은 아니지만 저는 이 대륙에 존재하는 트루네임 마스터 중에서 열 손가락 안에 든다고 자부해요. 그런 제 능력을, 그렇게 순식간에 해제할 수 있다니… 노레트가 만일 마법사라면 정말 엄청난 존재일 거예요."

"마법사 같지는 않던데."

내가 느끼기로는 노레트는 마법사가 아니었다. 내 검을 찰나에 피해 버린 그 체술은 맨손으로 검사를 상대한다는 몽크(Monk)에게서나 볼 수 있는 것이었다.

거기에다가 놈이 썼던 [진군의 천령]이란 기술은 마법으로는 절대 구현할 수 없다.

무적!

말은 쉽지만, 지금까지 내가 봤던 어떤 능력자도 무적 공간을 만들어 내진 못했다. 마법은 세계의 균형을 이루는 힘이기 때문에, 그렇게 부조리한 능력은 창조할 수 없다.

키타론이 재차 정곡을 파고들었다.

"그럼 다음 질문. 어째서 여자란 걸 숨기고 있었지?"

"그건."

카르르기는 눈치를 살피는 듯 내 쪽을 바라보았다. 나는 이번에는 그 눈빛을 피하지 않았다. 그러자 카르르기가 부담스러워졌는지 얼굴을 피했다.

"이 세상에서 살아가려면 남자인 게 편하니까요. 돌아가신 아버님께서도 저를 남자로 키우셨어요. 제가 남자인 이상, 누구도 쥰란시 가문을 무시하지 못하니까…"

"……"

### 이모션 체킹 발동!

상대의 감정이 깊은 씁쓸함(Sorrowful)으로 바뀌었습니다!

나는 애써 눈앞의 문장을 무시했다. 상대가 여자란 걸 알고 나니 이 모든 게 다른 의미로 다가왔다. 정신이 흔들리지 않게 조심하면서 말했다.

"앞으로… 어떻게 해야 한다고 생각해?"

"동방으로 가기는 힘들어요."

카르르기가 보랏빛 단발을 귀 뒤쪽으로 쓸면서 단정적으로 말했다. 이미 나름대로 결론을 내린 것이다. 녀석은 이미 완전히 차가운 이성을 되찾고 있었다.

"막큘도 없이 이 인원으로는 동방에서도 안전하지 않아요. 디건을 놓쳐 버린 이상, 트위스티드는 동방에서 더 완벽한 함정을 파고 기다릴 겁니다."

"그건 그렇겠지."

내가 트위스티드라도 그럴 것이다. 센마에 이어서 디건까지 패배해서 목숨만 건진 마당이니, 상위 간부가 대거 출동해도 이상할 게 없다.

만일 무로스와 그랑시엘이 있었다면 어떻게든 한번 싸워 보았을 것이다. 녀석들은 대륙 전체에서도 100위 내에 들 정도로 강했으니까. 하지만 녀석들은 이제 내 곁에 없다.

키타론이 퉁명스럽게 발을 탁자에 올리며 말했다.

"그럼 어쩌자는 거냐? 말해 두는데 개죽음은 사양이다. 나도 부하들도, 어떻게든 살아서 남부의 바다를 되찾아야 해."

"그건."

키타론은 이 상황이 답답한지 폭포처럼 말을 쏟아 내었다. 그렇다기보다는 우리의 결정을 재촉하는 수법이었다.

"이대로 돌아가면 그것도 좋고. 어차피 동방 땅은 낯설어서 맘에 안 들었다."

다행히 카르르기는 뭔가 생각이 있는 듯 현묘한 눈을 하더니 침착하게 말을 이었다.

"란체스터 군도에 갑시다."

"뭐?"

키타론과 내 표정이 황당하게 변했다. 하지만 이내 카르르기의 말이 [대천문(Warp Gate)]을 사용하자는 말인 걸 알아차렸다.

환상의 이동 주문 공간, 대천문.

그걸 이용한다면 한 번에 수천, 수만 km씩 이동하는 건 문제도 아니다. 뿐만 아니라 한 번 대천문을 거점으로 삼게 되면 앞으로 활동하기도 편해지는 것이다.

하지만 나는 그 생각이 별로 좋게 느껴지지 않았다.

"이 중에서 란체스터 군도에 가 본 사람은 아무도 없어, 카르르기."

"네."

"하물며 거기에 대천문이 있는지 없는지도 확실하지 않아. 만일 막큘이 잘못 알고 있었던 거라면, 우린 그 섬에 갇힌 채로 평생 나올 수가 없게 돼."

"그렇겠지요."

"그렇겠지요라니."

나는 머리를 살짝 짚었다. 카르르기의 표정이 조금도 변화가 없어서 불안했다. 대천문을 찾아 나서는 건 모험인데도 불안감 없는 표정이다.

이내 싱긋 웃은 카르르기의 입에서 충격적인 말이 튀어나왔다.

"대천문은 란체스터 군도에 분명히 있어요. 그 사실을 막큘에게 가르쳐 준 것은 저니까요."

"……!!"

나와 키타론은 동시에 카르르기를 쳐다보았다. 카르르기의 마음속을 읽을 수 있으면 편할 텐데. 그런 잡생각을 하고 있을 때도 카르르기는 연이어 입을 열었다.

"이 세상에 존재하는 대천문은 모두 15개. 제가 알고 있는 것은 그중에 여섯 개입니다. 막큘에게는 그중에서 세 군데의 단서를 흘려줬어요."

막큘이 알고 있는 것보다 개수가 많다.

"무슨 소리야. 막큘한테 단서를 왜 흘려줘?"

카르르기는 이상한 소리를 하고 있었다. 애시당초 막큘에게 그런 정보를 알려 준 이유는 뭐고, 단서만 준 이유는 무엇인가?

그 대답은 이내 들려왔다.

"막큘이 저를 배반할 거란 사실은 5년 전부터 짐작하고 있었어요. 그는 우리 가문을 이용해서 대마법사의 반열에 오르려는 야망이 있었고, 제 아버님께서는 돌아가시기 전에 그 사실을 제게 전해 주셨습니다."

"알고 있었다고!"

"네."

선선히 대답하는 카르르기의 표정은 처음 그대로였다. 하긴 측근에게 배신당한 것치고는 별로 동요가 없어 보여서 이상했다. 그렇다고 해도 이미 짐작하고 있었다니 충격이었다.

"하지만 막퀼은 6클래스 마스터였고, 저는 이제 갓 트루네임의 힘을 익혀 가는 중이었습니다. 게다가 그가 지닌 세력도 만만치 않아서 바로 어쩔 수 없었지요. 결국 막퀼이 당분간 다른 연구로 눈을 돌리도록 은연중에 우리 집안의 고문서를 막퀼에게 보여 주었어요. 막퀼이 열심히 전 세계의 대천문을 찾아다니도록. 그 덕분에 저는 5년의 시간을 벌 수 있었던 거예요."

"……."

마음속으로 소름이 끼쳤다. 막퀼은 자신이 카르르기를 비롯해 모두를 속이고 있다고 생각했지만, 사실 카르르기는 그의 머리꼭대기에 올라가 있었던 것이다. 카르르기는 아쉬운 표정으로 말했다.

"그래도 이렇게 배신을 할 줄은 예상하지 못했지만요. 두 사람이 없었으면 틀림없이 당했을 거예요."

그러더니 꾸벅 고개를 숙였다.

"고마워요, J. S 씨. 그리고 키타론 씨."

"어. 그래…."

나는 감사 인사를 받으면서도 약간 복잡한 기분이 되었다. 아직도 카르르기는 나를 그냥 이름으로 부르지 않고 ~씨라고 부른다. 거리감이 느껴져서 왠지 싫었다.

사람의 성별이 달라진 것 하나만으로 이렇게 느낌이 달라지다니 신기했다. 나는 잡생각을 하면서도 끝까지 이성의 끈을 유지했다.

"이봐. 그러면 란체스터 군도의 대천문은 확실히 발동되는 건가?"

카르르기와 내 시선이 키타론에게 향했다. 키타론은 장난을 치지 않고 진지한 눈빛을 하며 부연 설명을 했다. 녀석은 확실히 짚고 넘어가야 속이 시원해 보였다.

"고문서를 주었다고 했잖나. 문서에 있는 대로 란체스터 군도의 대천문이 발동하리라는 보장은 없어. 알다시피 마법기물은 세월이 지나면 발동률이 낮아진다."

"그 말대로예요."

카르르기는 순순히 인정하다가 의문을 풀어 주었다. 옆 머리칼이 가볍게 흔들렸다.

"하지만 대천문은 분명히 발동합니다. 왜냐하면 대천문이란 [사방신]이 만든 것이기 때문입니다."

"뭐?"

뜻밖의 소리다.

"대전쟁 아사페트라 때 사방신들은 자신의 병사와 군대가 조금이라도 신속하게 움직일 수 있도록 하기 위해서 대천문을 만들었습니다. 서방신을 제외하고, 나머지 3대신이 각각 네 개씩 만들었지요. 그러므로 대천문은 사방신이 소멸하지 않는 한 절대적으로 발동하게 되어 있습니다."

"저, 전쟁용으로 만들어진 거였냐."

나는 왠지 기가 질렸다. 그와 동시에 예전에 무로스가 말했던 대전쟁 아사페트라의 스케일이 온몸으로 느껴졌다. 사방신들이 친히 나서서 대천문을 만들 정도로 온 힘을 다했던 총력전인 것이다.

카르르기는 빙긋 웃었다.

"대천문으로 들어가기만 한다면 적들은 우리가 어디 있는지 찾아내기 어려워질 거예요. 트위스티드는 대천문의 존재는 알지만 하나도 사용하지 못하거든요."

"좋아! 나는 당신 의견에 찬성!"

키타론이 무릎을 탁 치며 소리를 치자 나는 휙 돌아보았다. 키타론은 내 시선에 빙글빙글 웃으며 말했다. 장난기 넘치는 표정이다.

"나쁠 것 없잖아. 나도 그렇게 신기한 게 있다면 내 눈으로 직접 보고 싶다!"

"박쥐 같은 녀석."

내가 핀잔을 줬지만 키타론은 아랑곳하지 않았다.

나도 약간 고민에 휩싸였다. 여기서 그냥 항구로 되돌아가는 방법도 있지만, 막퀼의 일이 괜히 알려져 봐야 좋을 게 없다. 게다가 트위스티드의 영향력은 동방보다 서방에서 막강하다.

나는 마지못해서 카르르기의 의견에 손을 들었다.

"찬성."

카르르기의 의견이 합리적이라서 찬성하는 게 아니다. 사실은 되돌아갔을 때, 무로스와 그랑시엘의 얼굴을 다시 보는 게 괴로울 뿐이다.

그렇게 란체스터 군도로 향하기로 결정되었다.

밤의 갑판은 꽤 추웠다.

나는 방에서 잠을 이루지 못하고 갑판 위로 올라와서 조용히 앉았다. 란체스터까지는 먼 길이 아니라서 금방 도착할 수 있을 것 같다.

"앞으로 이틀 정도인가~"

란체스터 군도는 외부와 심부(深部)로 나누어져 있다. 외부에는 약초를 캐러 온 사람들이나 각지의 모험가들이 살고 있다. 여기까지는 아직 바다의 조류가 정상이라서 마음대로 출입할 수 있다.

우리가 가려는 곳은 역사상 골든프릭스 용병단밖에 가

지 못했다는 심부다. 그곳에는 전에 만났던 크라켄이나 거대 바다거북 같은 수왕류, 흉악한 몬스터, 괴물이 드글거리고 있다고 한다. 이따금씩 자기 실력을 과신한 모험가들이 들어갔다가 두 번 다시 돌아 나오지 못하곤 했다.

그렇게 생각하니 다시 가슴이 두근거렸다. 어쩐지 대단한 업적을 이뤄 내고 있다는 생각이 들었다. 키타론처럼 티를 내지 않았지만 대천문을 내 눈으로 보고 싶은 것도 있다.

"하지만…."

그 전에 나는 강해져야 한다.

좀 더 강해져서 적을 제압할 수 있을 정도가 되어야 한다. 이번에는 레벨업 한 덕분에 위기를 잘 넘겼지만, 다음에 또 어떤 시련이 닥쳐올지 알 수 없는 일인 것이다.

잠시 내 상태창을 열어 보았다.

J. S.

Lv 6 그랜드 팔라딘
Lv 9 템페스트

헛웃음이 나왔다.

"디건 자식. 경험치는 많이 줬네."

상태는 그대로지만 잔여 경험치가 다시 94,291,333이 되어 있었다. 아무래도 나에 비해서 상대적으로 고레벨인 디건을 쓰러뜨린 덕에 경험치를 많이 받은 것 같았다.

어차피 이젠 각성분기를 지난 덕분에 검이니 마법이니 고민할 필요가 없다. 나는 마음 편하게 템페스트에 경험치를 투자하기로 했다.

"레벨업! 레벨업…!"

조금 연발해서 레벨업을 하자 어느새 상태창이 변화해 있었다. 그와 동시에 익숙한 창이 눈앞에 연이어 떠올랐다.

[템페스트 Lv. 10이 되었습니다! 템페스트 마스터리 Ⅱ를 배우셨습니다. 민첩(Dex)과 지능(Int)이 각각 5씩 상승했습니다.]

[템페스트 Lv. 12가 되었습니다! 고유스킬 더블어택 모드(Double Attack Mode)와 패시브 스킬 블레이드 마스터리(Blade Mastery) 중 하나를 선택해서 익혀 주십시오.]

"응?"

나는 고개를 갸웃했다. 지금까지는 레벨이 오르면 알아서 스킬을 배웠다. 하지만 이렇게 둘 중 하나를 배우라는 식으로 말하는 것은 처음 봤다.

혹시나 해서 각 스킬의 설명을 보았다.

### 더블어택 모드(고유스킬)

모드를 발동하면 200초 동안 검술 스킬과 마법 스킬을 동시에 시전할 수 있게 됩니다. 스킬이 원래 더블어택 모드를 지원할 경우 효과는 2배가 됩니다. 피로도는 1.5배의 속도로 쌓입니다.

"어, 엄청나다!"

나는 나도 모르게 비명을 지르고 말았다. 말로는 간단하지만 이건 정말 대단한 기술이다. 이 스킬을 갖고 있으면 200초 동안은 완벽한 마검사가 될 수 있다!

지금 나는 검술도 마법도 일정 수준이지만 그리 강하지 않다. 왜냐면 한 번에 하나의 스킬밖에 시전할 수 없기 때문이다. 그래서 지금까지는 동레벨의 적도 꽤나 힘겹게 상대했었다.

하지만 더블어택 모드를 발동하면 6클래스의 폴라 버스트를 발동하면서 뛰어들어서 적에게 육연참을 날릴 수 있게 된다. 내 실력은 2배가 아니라 열 배 이상으로 뛰어오르게 되는 것이다.

 마검사 레벨을 올려도 동시 시전이 가능한 게 아니라 고유스킬을 많이 가질 뿐이다. 템페스트가 사기급 상위직이라는 사실을 실감했다.

 "어디어디."

 나는 서둘러서 다른 기술도 살펴보았다.

### 블레이드 마스터리(패시브)

소유자는 검술 관련 스킬의 치명타 확률이 30%로 고정됩니다. 추가확률은 계속 붙습니다. 또한 연속 공격 성공 시 데미지 증폭률이 1.2배 상승합니다.
블레이드 마스터리를 익히고 있으면 한 단계를 거쳐서 최상위직 '검성(Master Sword)'이 될 수 있습니다.

 "……."

 이쪽도 만만치 않게 좋다. 블레이드 마스터리를 익히면 이 대륙에 십대검호를 제외하고는 나를 상대할 만한 검사가 없을 것이다. 보통 참격을 날리기만 해도 엄청난 힘과 치명타률로 상대를 쓰러뜨릴 수 있다.

 거기에다가 최상위직인 검성(Master Sword)이 지나치게 끌렸다. 마스터 나이트와 마스터 블레이드를 합쳐서 검성이라고 부른다. 솔직히 말해서 이 대륙에서 검을 든 사람들이라면 누구나 한 번쯤은 꿈꾸는 것이다.

검성!

사람들은 검성의 경지에 오른 열 명의 고수들을 가리켜 십대검호(十大劍豪)라고 불렀다. 검성의 경지에 오르게 되면 멀쩡한 검에서 오오라가 뻗어 나와서 멀리 있는 적을 해치울 수 있다고 한다. 거기에다가 세월이 지나도 늙지 않고 젊음을 유지한다고 하는 것이다.

십대검호 중에서 가장 강한 것은 당연히 용병왕이었다. 용병왕은 젊은 시절에 십대검호의 1위를 격파하고 자신의 검기가 대륙최강인 걸 증명했다.

나도 그런 검사가 되고 싶지 않다면 거짓말이다.

어쩌면 좋나. 둘 다 너무 좋은 거라서 선택하기가 힘들다. 하지만 선택하지 않으면 다음 단계로 넘어갈 수가 없다.

내가 고민에 휩싸여 있을 때였다.

"여기 있었네요."

"카르르기."

나는 뒤돌아보지도 않고 그 목소리의 주인을 알아맞혔다. 보랏빛 단발의 미녀가 거기에 서 있었다. 카르르기는 여자란 게 밝혀진 후에도 여전히 남자 옷을 입은 채 생활하고 있다. 그런데도 우리를 제외한 선원들은 이상하게 생각하지 않았다.

카르르기의 말로는 이미 정체가 들킨 사람에게는 통하지 않는 트루네임이라서 그렇다고 한다. 내가 잡생각을 하고 있을 때 녀석이 고양이처럼 웃으며 말했다.

"혼자 있기를 좋아하네요. 가끔은 선원들과 어울려서 마시는 것도 좋지 않아요? 선원들은 모두 당신을 좋아하던데."

"관심 없어."

한두 번은 어울려 줄 수 있지만 그 이상은 안 된다. 그렇게 많은 녀석들과 함께 놀다 보면 나 자신을 잊게 된다. 모험을 하면서 냉철한 정신을 유지할 수 없게 된다.

…….

아니, 사실 전부 핑계다.

마인드 리딩 때문에 그랑시엘과 무로스를 잃어버렸다. 그 때문에 이제는 사람 만나는 게 두렵다. 아무리 친해져 봤자, 결국 저 녀석도 내 독심 능력을 알게 되면 떠난다고 생각하면… 아무도 사귈 수 없다.

그렇게 생각하자 조금 우울해졌다. 내 표정이 겉으로 드러났는지 카르르기가 놀랐다.

"당신도 그런 표정을 지을 때가 있네요."

"내 표정이 어때서 그래."

이어진 카르르기의 말에 할 말을 잊고 입을 다물었다.
"당장이라도 울 것 같아서요."
"……."
운다고, 내가?
울었던 적은 딱 한 번 있다. 지난번에 갑판에서 동료를 잃은 서러움에 울었다. 하지만 똑같은 장소에서, 또 울려고 하다니.
속으로 당황하고 있을 때 카르르기가 갑자기 내 어깨에 손을 얹었다. 힐끔 바라보자 카르르기가 천천히 말을 이었다.
"너무 어렵게 생각하지 말아요. 이유가 어찌 되었든 간에 이렇게 함께 행동하는 이상, 우리는 동료잖아요?"
"우린 동료가 아니야…."
카르르기의 말에 울컥함을 느낀 나는 메마른 입을 열어서 말했다.
"다 자기 이득 때문에 맞춰서 움직여 주고 있을 뿐이야. 자기한테 득 될 일 없으면 다 뒤돌아서게 되어 있어! 그런 걸 보고 동료라고 하는 거냐?"
내 말은 지나칠 정도로 신랄한 기색이었다. 나도 말을 하고서야 깨닫고는 입을 다물었다. 카르르기가 그런 나를 보랏빛 눈동자로 빤히 쳐다보고 있었다.
제길. 말이 너무 많았어.

나를 스스로 자책하고 있을 때 갑자기 카르르기가 풋 하고 웃었다. 나는 조금 얼굴이 벌게지고 말았다.

"그럼 진짜 동료라면 자기한테 득 될 일 없는데도 모두 맞춰 주고, 어떤 때라도 J. S. 씨를 따라가야 하는 건가요?"

"그건."

그런 건 말이 안 되긴 하다. 세상에 그런 멍청이가 어디 있냐.

내가 말하고도 웃긴 소리다.

"노예라고 해요, 그런 건."

"……."

카르르기는 내 손을 살포시 잡았다. 그 손을 타고 진심이 전해져 오는 느낌이 들었다. 카르르기의 눈빛이 달빛 아래에서 맑게 반짝였다.

"사람은 서로가 서로를 이용하는 관계지만, 그걸 나쁘게만 생각할 건 아니죠. 어차피 사랑으로 감싸 줄 수가 없다면, 그런 관계에서도 만족을 얻어 낼 수 있는 게 사람입니다."

"그런 건 나도 알아!"

나는 카르르기의 손을 쳐 냈다. 내 힘이 워낙 강하기 때문에 최대한 살살 쳤는데도 카르르기는 아픈 표정을 지었다.

"알지만… 나는."

더 이상 그 일상세계로 돌아갈 수가 없다. 마음을 읽는 괴물과는 누구도 친구가 되려고 하지 않을 것이다. 결국 내게 남은 것은 전설과 환상의 모험밖에 없다. 지금은 그렇게 생각하고 싶었다.

나는 결국 한숨을 크게 내쉬고 말았다.

"모르겠어."

"……."

잠시 나를 바라보던 카르르기가 이내 결심했는지 자리에서 일어섰다. 그러고는 단정적으로 말했다.

"지금 당신은 얼마나 강해지는가가 중요한 게 아닌 것 같아요. 왜 강해져야 하는지를 스스로 생각해 보세요."

"왜 강해져야 하냐고…?"

그거야 당연히 앞을 가로막은 적을 이기고 살아남기 위해서다. 그래서 경험치를 모아서 레벨업을 하고 있다. 이게 뭐가 이상하단 말인가.

하지만 카르르기는 정말로 내게 부족한 점이 있다고 생각하는 듯했다. 나는 결국 고개를 끄덕이며 카르르기의 말에 동의했다.

"생각해 보지."

그때였다.

"어~이! 운치 좋은 데이트 중에 미안하다!"

큰 소리와 함께 선창 문을 열고 기세등등하게 키타론이 걸어 들어왔다. 키타론 놈은 히쭉 웃더니 왼손에 든 럼주를 내게 던져 주었다.

얼떨결에 받자 키타론이 경쾌하게 말했다.

"한잔 하자! 특별히 좋은 걸로 골라왔다."

"뭐야."

나는 급작스런 상황에 혀를 내둘렀지만 카르르기는 도리어 샐쭉하게 웃으며 말했다. 예상하고 있었던 건지 자연스러웠다.

"제 럼주는 없군요."

"싸구려를 드릴 순 없지. 레이디 건 여기!"

휙 하고 날아간 것은 묵직한 위스키 병이었다. 84라고 쓰여 있는 걸로 봐서는 역시 최고급 위스키였다. 저런 술 하나 구하려면 수백 골드도 넘게 든다.

"어머."

카르르기는 그 차가움을 느끼고 반색했다. 녀석은 귀족이라서 술이 좋은지 아닌지는 바로 아는 것이다. 나는 약간 시큰둥한 표정을 지었다.

이제는 여자인 걸 숨기지도 않는군.

주는 걸 마다할 수는 없다. 나는 럼주의 마개를 따서 한참 동안 미친 듯이 들이켰다. 선상의 맑은 바람이 한층 술맛을 좋게 했다. 키타론은 나와 크게 건배를 하며 말했다.

"하하핫! 이 자식 술도 잘 마시는데?"

"남들 만큼 하지 뭐."

나는 그렇게 말하면서도 눈앞에 창이 하나 떠오르는 것을 보았다. 왠지 불쾌해졌다.

음주(Drunken) 상태에 빠질 위험이 높아지고 있습니다! 음주 상태에 걸리면 이동력이 -20%, 공격 명중률이 -30%가 되므로 주의해 주십….

바로 창을 닫아 버렸다. 이렇게 경고를 해 주는 건 편리하지만 이럴 땐 쓸데없다 싶다. 때로는 아무런 말도 없이 술을 마실 때가 필요한 것이다.

벌컥벌컥.

상의가 젖을 정도로 럼주를 들이키던 키타론이 예리하게 째려보더니 속삭였다.

"설마 너희 벌써…."

"뭐가 너희야. 생각하는 일 같은 거 없었어."

있어도 있었다고 대답할 거 같냐! 그러자 키타론은 너구리처럼 음흉하게 웃었다.

"뭐 잘해 보라구. 이 나는 사랑의 메신저니까."

"…그런 레벨 없는데."

사랑의 메신저 같은 직업은 있어도 곤란하다고.

"레벨? 무슨 소리냐?"

앗차. 술김에 약간 쓸데없는 소리를 해 버린 모양이다. 나는 대충 얼버무리며 화제를 돌렸다. 평소부터 제일 궁금했던 일이다.

"그렇다 치고 대체 어쩌다 해적질 망해서 여기까지 흘러든 거야? 일천 척의 배를 이끌던 해적왕이 코딱지만 한 상선에서 나 같은 놈이랑 럼주나 마시고 있다니."

다소 직설적인 질문이었지만, 술자리에서는 사람이 진실 되게 변한다. 물론 술이 충분히 들어갔을 때의 얘기다. 키타론이 분위기에 따라 주기만을 바라고 한 질문이다.

키타론은 약간 짜증나는 표정을 짓더니 순순히 대답해 주었다.

"쳇… 네놈, 요즘 대륙 남부가 이상하게 돌아가는 건 알고 있냐."

"그야 뭐."

경비병일 때부터 많이 들었던 얘기다.

15년 전 칼둔 왕국이 갑자기 전쟁을 일으켜서 셈 왕국을 병합한 이래, 폴커 왕국 남부가 계속 칼둔에 위협받고 있다. 거기에다가 칼둔 왕국은 폭군이 지배하고 있어서 백성들이 도탄에 빠져 있다고 한다.

그래서 헤세랄드 마법왕국과 란체스터 공국은 폴커 왕국과 동맹을 한층 강하게 맺고, 남부에서 전란이 일어나는 걸 경계하고 있다는— 알아 봤자 사는 데 아무 상관없는 쓰잘데기 없는 정치 이야기였다.

"나는 9년 전에 처음으로 내 해적단을 만들고 온갖 놈들을 쓰러뜨려 해적왕이 되었다. 겨우 2년 전까지만 해도 내 휘하의 전선(戰船)이 천 대가 넘어갔고 부하들은 수만 명이나 되었지. 신을 제외하곤 내게 두려운 것 따윈 없었다."

"그런데 어쩌다…."

키타론은 굵은 턱수염을 벅벅 긁더니 민망해하는 표정으로 말했다. 꺼림칙한 일을 말하는 태도다.

"칼둔의 신임 대공(Duke)인 시스테마인 로드마이저가 나를 공격했다. 물론 칼둔 쪽 해군이 막강하기도 했지만 내가 진 건 시스테마인 때문이지."

"시스테마인!"

나는 그 이름을 듣고 흠칫 놀랐다. 그러고 보니 전부터 은근히 놈의 이름이 언급되었다. 나와 그랑시엘을 습격했던, 남방신의 사도이자 골드 드래곤. 그놈이 칼둔의 해군을 이끌고 키타론의 해적단을 공격한 것이다.

키타론은 한에 사무친 표정을 지으며 밤하늘을 올려다 보았다. 자신의 무력감을 견딜 수 없어 보였다.

"제길… 내가 놈과 1대1로 붙어도 이길 순 없었겠지만, 놈이 끌고 나온 부하들은 너무 강했다. 몸을 피처럼 변화시켜서 싸우는 괴물들 100마리 때문에 내 부하들이 전멸해 버린 거다."

"피처럼 변화시키는 괴물?"

"그래."

키타론의 표정이 한층 굳었다.

"놈은, 그 괴물을 [블러드로드(Blood Lord)]라고 부르더군. 4클래스의 마법은 통하지도 않고, 힘으론 미노타우로스와 맞먹는 괴물들이었다."

"블러드로드."

블러드로드라면 알고 있다. 분명히 내가 블랙북에서 봤던 전생 종족의 하나였다. 그때 보았던 블러드로드의 기본 힘 수치는 26.

그것도 성체가 아니라 어린 블러드로드의 힘이었다. 26의 힘이면 어지간히 강한 기사와 맞먹는다. 그런 것들이 잔뜩 공격해 왔으면 아무리 대해적단이라도 어쩔 수 없었으리라.

나는 조용히 대꾸해 줬다.

"야, 키타론. 너는 나를 따라다닐 생각이 있냐?"

"뜬금없이 무슨 소리냐."

키타론이 황당한 표정으로 되묻자 나는 진지하게 대답해 주었다. 여기서 이놈을 동료로 끌어들여야 앞으로 편해질 것 같다.

"내 적도 시스테마이다. 나와 같이 다니다 보면 그놈과 다시 만날 거야. 내가 있으니까 복수는 몇 배나 쉬울 거고."

"딱히 쉬울 거 같진 않은데…."

키타론이 못 미더운 표정으로 나를 바라보자, 나는 속에서 울컥하는 게 치솟아올랐다. 하지만 간신히 감정을 제어하곤 실실 웃으며 꼬드겼다.

"싫으면 말아라. 어차피 너도 이대로는 복수할 힘이 부족한 걸 아니까, 우리와 같이 다니는 거잖아."

"기분 나쁜 녀석."

아무래도 내가 자기 속을 다 읽고 있다는 걸 알아차려서 투덜거리는 것 같았다. 나는 도리어 빙긋 웃으며 말했다.

"칭찬 고맙다."

키타론은 한참 동안 생각하더니 이내 고개를 끄덕였다.

"안 될 거 없지. 뭐라고 해도 너와 카르르기의 실력은 진짜배기니까. 이 해적왕의 동료로 받아들여 주마."

뭐시라?!

"지금은 해적왕 아니잖아. 그냥 키타론으로 해."

나는 그 순간을 참지 못하고 태클을 걸어 버렸다.

왠지 키타론의 말 하나하나에 트집을 잡고 싶다. 난 원래 이런 성격 아니었는데.

"아, 진짜! 세력이 많다고 해적왕은 아냐!"

"헹, 좋은 이름 놔두고 왕 노릇 하고 싶냐? 그렇게 왕이 되고 싶으세요?"

"젠장."

내가 있는 대로 비꼬자 키타론은 별수 없이 머리를 긁적였다. 이렇게까지 말하는데 끝까지 우길 순 없는 것이다.

"그래 키타론으로 불러라. 나보다 10살은 어린 새파란 놈이…."

"늙어서 좋겠수."

"……."

왠지 놀리는 재미가 있는 녀석이다. 그랑시엘이나 카르르기처럼 딱히 까칠하지도 않고, 장난은 장난으로 받아들여 줄 줄 안다.

나중에 알게 된 사실이지만, 해적왕 키타론은 남부에서는 사신(死神)과 같은 의미였다. 나처럼 빈정대는 사람은 단 한 명도 없었던 것이다.

그때 카르르기가 반쯤 비어 있는 위스키를 쳐들고 깔

깔 웃어 대었다. 제멋대로 좀 마셔 버린 모양이다.
"안주가 필요해요오!"
키타론이 호쾌하게 외쳤다.
"그냥 파티를 열자! 어이, 고기랑 술 가져와!"
"아악! 이런 데서 술파티를 하면 어쩌자는 거냐아!!"
적의 눈에 다 뜨인다고!
내가 발광을 해 대었지만 아랑곳하지 않고 선상에서 사람들이 모여서 술을 마셔 대기 시작했다. 나는 여기저기에서 곧 치고받고 술주정을 해 대는 걸 보고 할 말을 잃었다.
이내 피식 웃었다.
"헷."
이런 것도 나쁘지 않다.

그로부터 이틀이 지났다.
배 갑판 위에서 망원경을 들고 먼 곳을 바라보던 키타론이 중얼거렸다.
"저게 란체스터 군도구만."
"어디 줘 봐. 나도 보자."
내가 키타론에게 손을 뻗자 키타론이 팔을 휘휘 내저으며 신경질을 냈다. 마치 보물을 다루는 것 같았다.
"있어 봐! 해류와 조류가 복잡해서, 뱃길을 찾으려면

시간이 걸릴 것 같으니까."

 육안으로는 아직 란체스터 군도가 보이지 않는다. 나도 갈매기 소리와 섬 근처의 소리를 듣고서야 섬이 있다는 걸 알았다. 카르르기가 옆에서 조용히 말했다.

 "중앙의 화산에 있는 대천문의 마력 때문에 해류가 불안정해요. 특히 소용돌이가 많다고 하니 조심해야 돼요."

 "그건 알고 있어. 그런데 이건…."

 골치 아픈 표정을 짓던 키타론이 버럭 소리를 지르며 자신의 부하를 불렀다.

 "이봐, 카몽! 이 지역의 해도는 없나?"

 그 말에 배의 키를 잡고 있던 귀신해적단의 부선장, 카몽이 헐레벌떡 뛰어왔다. 그 자리를 재빨리 다른 부선장이 채웠다.

 "없습니다, 캡틴! 오기 전에 군도 외부에 살고 있는 놈들한테 물어봤는데, 그놈들도 전혀 모릅니다."

 키타론이 자신의 머리를 거칠게 긁적였다.

 "제기럴. 해도도 없이 소용돌이 지역을 기어들어 간다고? 미친 짓이군."

 나는 그 모습을 보고 이상한 걸 느꼈다. 귀신해적단 정도면 캡틴인 키타론이 굳이 항해사 역할을 할 필요가 없다. 그런데 어째서 녀석이 배를 이끌고 있는 걸까?

 "이봐. 너 말고 다른 항해사는 없는 거냐."

"헷. 내 실력도 대단한 건 아니지만 어쩔 수 없다."
코웃음을 친 키타론이 말했다.
"항해사 녀석은 2년 전에 패배하면서 행방불명되었으니까. 그 자식은 눈 감고도 에고릴 해협을 지나던 놈이었는데…."
아무래도 안 좋은 얘기를 꺼낸 듯, 주변을 부산하게 돌아다니던 귀신해적단원들의 심경이 복잡하게 변했다. 정작 키타론은 크게 신경 쓰지 않는 기색이었다.
구우웅.
상선은 한층 속도를 더해서 물살을 가르기 시작했다. 갑자기 배가 빠르게 움직이자 당황한 카몽이 크게 외쳤다.
"캡틴! 해류가 충돌하는 지점에 빨렸슴다!"
"으아아악!!"
그 말에 선원들과 마법사들 중에는 비명 지르는 사람들이 속출했다. 심지어는 냉정하던 카르르기도 당황한 기색을 감추지 못했다.
나는 사람들의 생각을 읽고 깜짝 놀랐다.
해류가 충돌하는 지점에서는 보통 해류의 12배 정도로 속도가 증가한다. 그리고 그 지점의 끝에는, 군함조차 산산조각 나 버리는 거대 소용돌이가 있는 것이다!
해류의 흐름으로 볼 때 소용돌이의 크기는 보통 소용

돌이와는 비교가 되지 않을 것이다. 말 그대로 시체조차 남기지 못할 확률이 높았다.

"당황하지 마라!"

키타론이 크게 호령을 쳤다. 그러고는 침착하게 사람들의 행동을 지시했다.

"박격포! 너는 키가 부러지지 않게 카몽과 꽉 잡아라! 그리고 슈스리! 너는 마스트가 기울지 않게 애들 잘 보고 있어!"

"넵!"

"알겠슴다!"

부선장들은 키타론을 완벽하게 신뢰하고 있었다. 곧 거대 소용돌이가 닥쳐온다고 생각하면 불안할 텐데 한 치의 의심도 없이 키타론의 명령에 따랐다.

'과연.'

나는 키타론에게 적지 않게 감탄했다. 얼마 전 술 마시던 모습에선 몰랐는데, 과연 수만 명의 해적을 이끄는 해적왕이라 자처할 만했다.

상황을 정리하던 키타론이 빠르게 나를 돌아보며 외쳤다.

"J. S!! 저번에 크라켄을 쓰러뜨린 [그거], 한 번 더 할 수 있지 않나!"

나는 크게 고개를 끄덕였다. 소울 인젝터라면 이제 레벨이 올라서 하루에 2번은 사용할 수 있다!

"물론이다!!"

그러자 키타론은 말도 안 되는 황당한 주문을 했다.

"당장 잠수해서 전방으로 그걸 쏴 줘!"

나는 그 말에 아연해지지 않을 수 없었다.

"…뭐라고?"

지금 배 밑을 내려다보면 바다의 참치도 헤엄칠 수 없을 정도로 어마어마한 속도로 파도가 몰아치고 있다.

말 그대로 물지옥이었다.

쏴아악!!

"끄악!"

뱃전으로 파도가 밀어닥치며 선원들이 넘어지고 있다. 거기에 비까지 내리면서 완전 지옥도를 연출하고 있다. 이런 상황에서 배 밑으로 뛰어내리면 자살이나 다름없는 것이다.

시체조차 찾기 어렵지 않을까?

그러나 키타론은 비와 땀에 젖은 얼굴을 들어서 나를 보며 침착하게 말했다. 나름대로 자신감이 있어 보였다.

"소용돌이도 해류가 부딪혀서 생기는 것이다! 네 기술이라면 그 부딪히는 힘을 상쇄시켜서 길을 만들어 낼 수 있을 거다!"

"하지만 이거, 준비 시간이 있다!"

적어도 2초 정도는 기다려야 한다. 이건 내 레벨이 오른다고 해결될 문제가 아니다. 게다가 바다 밑에서 어떻게 정신을 차려서 사용한다고 해도, 전방으로 소울 인젝터가 나갈 거라는 보장은 없는 것이다.

내가 항의하자 키타론이 버럭 외쳤다.

"네가 안 하면 모두 죽는다! 이런 데서 죽기 위해서 지금까지 살아온 건 아니잖나, J. S!!"

옳은 말이다.

그 말이 내 마음을 움직였다.

"…좋아!!"

나는 그 말에 마음을 굳혔다. 생각해 보니 어리광 부릴 때가 아니다. 성공 확률이 낮더라도 언제나 도전해서 성공해 왔던 게 내 모험이었다. 지금은 위기라고 할 것도 아니다.

곧장 천에 쌌던 이누타브 블레이드를 끌러 메어서 바다에 뛰어들려고 할 때, 내 옷을 잡는 손이 있었다. 뒤를 돌아보니 카르르기였다.

카르르기가 결연한 눈으로 말했다.

"꼭 돌아와요."

꼭 죽을 곳에 가는 것처럼 얘기하는군. 새삼 이제 와서 나를 걱정해도 무슨 의미가 있다고? 나는 장난기가 발동해서 짓궂게 한마디 쏘아 주고 말았다.

"이딴 건 드래곤 브레스만도 못해."

"……."

끝까지 허세 정도 부려 줘야, 허세왕이지!

점프.

동시에 내 몸이 허공으로 크게 끌려 들어가더니, 전신의 세포가 몸 위쪽으로 쏠렸다. 순식간에 몸의 균형이 일그러지며 검은 해수면이 눈앞으로 닥쳐왔다.
─────────!!
쿠르릉.
귓가로 폭음 같은 게 들리면서 내 몸이 바다 속으로 가라앉았다. 나는 눈을 크게 뜨며 이누타브 블레이드를 반사적으로 앞으로 내밀었다.
되었나?
하지만 바닷물의 흐름이 격렬하게 요동치면서 내 몸의 중심을 뒤틀었다. 생각보다 그 힘은 장난이 아니라서, 나는 아차 하는 사이에 온몸이 270도나 회전하는 것을 알아차렸다.
"……!!"
이래서야 정면으로 소울 인젝터를 발사할 순 없다.
'제길!'
나는 내가 소용돌이 조류를 얕봤다는 걸 인정하곤 급히 마법을 걸어서 내 몸에 덧씌웠다.

[포스 스피어(Force Sphere).]

그러자 4클래스 중반의 투명한 원구가 내 몸을 에워쌌다. 점차 몸이 안정되자 앞으로 나아가기도 수월해졌다. 나는 수영 스킬을 발동해서 앞으로 튀어 나가며 소울 인젝터를 준비했다.

콰과과과.

점차 내 몸이 소용돌이에 급격히 가까워진다. 물속에서 바라본 소용돌이의 규모는 정말로 어마어마했다. 말 그대로 눈앞에 검은색 폭풍이 고요히 몰아치는 느낌이 들었다.

멈춰 있는 괴물.

웅웅거리며 고요히 회전하고 있는 소용돌이의 파장은 살기가 없다. 하지만 저기 닿이는 순간 강철 갑옷도 찢어져 버릴 것이다. 하물며 세노틱 호 같은 상선은 한순간도 버틸 수 없으리라.

"…소울."

포스 스피어는 발을 제외한 내 몸 주변에서 물을 몰아내 주고 공기만을 남겨 주었다. 그 덕분에 시동어를 이상 없이 외울 수 있다.

점차 몸이 가까워져 간다.

나는 마침내 내 몸이 소용돌이에 닿을락 말락 할 때 검을 앞으로 뽑으며 시동어를 외쳤다.

"인젝터(Injector)!!"

쿠르르륵.

쿠콰앙.

이누타브 블레이드의 첨단에서 뻗어 나간 파괴의 기운이 검은 소용돌이의 단면을 때렸다. 지금까지 어떠한 적도 손쉽게 난도질했던 무적의 소울 인젝터는 톱이 갈리는 듯한 기음(奇音)을 내며 막혔다.

'윽.'

나는 살짝 불안해져서 입술을 깨물었다.

하지만 기우였다.

벌레 우는 듯한 소리는 이내 번개가 튀기는 것처럼 바뀌었다. 그리고 물속에 일시적으로 진공 상태를 만들며 소용돌이의 정중앙을 일직선으로 관통했다.

이윽고 써컹거리며 진공의 칼날 수백 개가 폭발하듯이 터져 나왔다. 그 기세가 어찌나 강렬한지 휘몰아치던 소용돌이는 기세를 잃고 점차 수그러들었다.

마치 살아 있는 생물체를 몸 안에서 난도질하는 것 같다. 나는 시야를 꽉 채울 정도로 거대했던 소용돌이가 작아지는 것을 보며 전율했다.

일개 검에서 튀어 나간 진공파가 직경만 수백 미터가 넘는 소용돌이를 돌파해 버리다니!

'정말 무서운 기술이다!'

쿠구구구궁.

미친 듯이 소용돌이를 갈기갈기 찢어 버리던 소울 인젝터의 진공파는, 마지막으로 천지를 반으로 가르는 듯한 특대 진공파를 지상으로 날려 버렸다. 그와 동시에 소용돌이는 완전히 사그라들어 버렸다.

몸을 둘러싸고 있던 조류의 압박이 점차 풀리는 게 느껴진다. 나는 포스 스피어를 유지하기 쉬워지자 몸을 안정시키며 바위에 똑바로 섰다.

쉬식거리는 소리가 먼저 들리고, 바다는 언제 그랬냐는 듯 조용해져 있었다. 기분 나쁠 정도의 정적이 내 눈을 의심하게 했다.

"우와. 굉장한데."

왠지 저번에 크라켄을 쓰러뜨릴 때보다 더 강해진 것 같다. 그 순간 내 머리를 스치고 지나가는 소리가 있었다.

'이누타브 블레이드는 주인과 함께 성장하는 무기.'

무로스가 했던 말이다. 그때는 단순히 비꼬는 말인 줄 알았는데, 사실 무로스는— 이누타브 블레이드야말로 무한히 강해질 수 있다는 말을 하고 싶었던 게 아니었을까?

나는 이누타브 블레이드를 힐끔 내려 보았다.

동방신의 검, 무한히 성장하는 신검(神劍)!

이 검과 함께 어디까지 강해질 수 있을까. 벌써 검만으로 자연 현상을 없애 버릴 지경까지 왔는데, 어디까지 강해질 수 있는 걸까.

"아!"

순간 내가 너무 정신을 팔았다는 사실을 깨달았다. 소울 인젝터로 소용돌이를 없앴다지만 한두 시간 후에는 소용돌이가 부활해 버린다. 그 전에 재빨리 일행을 쫓아가야 한다.

내가 바위에서 발을 떼어 놓을 때였다.

갑자기 '마음의 소리'가 하나 더 늘어나 있었다. 내가 지금까지 기척을 못 느낀 걸 감안하면, 상대는 가사 상태나 다름없이 숨어 있었던 것이다.

덥썩.

[ 어딜 가시려고…? 잠깐 나와 놀아 줘야겠어. ]

"윽! 너는!"

내 발을 잡고 나선 것은 전신이 진흙덩어리처럼 되어 있는 인간이었다. 바다의 어둠 속에서 이런 놈이 튀어나오니 보통 당혹스러운 게 아니다.

내 검이 반사적으로 움직여서 호선을 그렸다.

스걱.

나는 재빨리 그 손을 베어 버렸지만, 놈에게서 벗어나자마자 놈은 진흙으로 변해서 손을 재생시켰다. 나는 진흙에 의지가 깃들어 있는 게 황당했다.

'그것'은 나를 향해 흉흉하게 웃으며 말했다.

[ 간만이다, J. S. 설마 했는데 그렇게 멀리까지 도망갈 줄은 몰랐구나. 큭큭큭. ]

"넌 누구냐!"

말을 하면서도 초조해진다.

포스 스피어의 효과가 다 떨어져 간다. 다시 마법을 걸 수는 있지만 괜히 마법을 쓴다고 빈틈을 보이면 큰일 난다.

[ 벌레에게 제대로 데였지. 하지만 그 수치는 여기서 씻어 주마. 내게 했던 수백 배로! ]

그 원한 섞인 목소리, 그리고 오만함이 감도는 목소리를 듣자마자 바로 알아챘다. 내게 이렇게 나올 만한 놈은 하나밖에 없다.

시스테마인 로드마이저!!

골드 드래곤 놈이다!

'으읍?!'

나는 경호성을 터뜨릴 새도 없이 숨이 막히는 것을 깨달았다. 급히 전신을 이완시키면서 숨구멍을 열었지만 당혹스러워졌다.

그러자 시스테마인의 '분신' 같은 진흙인형은 사악한

웃음을 터뜨렸다. 내가 괴로워하는 꼴이 못 견디게 즐거운 모양이다.

[ 크하하하하하. 네놈은 이미 탈마히라의 저주에 닿아 버렸다. 보통 인간은 10초 내로 썩어 문드러지는데 조금 시간이 걸리는구나, 크흐흐! ]

"탈마히라의 저주…."

나는 놈을 노려보았지만 분신을 쓰러뜨려도 방법이 없을 것 같아서 당혹스러웠다. 내 눈앞에 창이 떠오르는 게 느껴졌다.

### 탈마히라의 저주(2단계)

탈마히라와 남방신의 사자밖에 사용할 수 없는 언노운 스킬(Unknown Skill). 한 번 직접 보고 겪은 대상이 세상 어디에 있든 간에 찾아내서, 그 앞에 분신을 만들어 내어 접촉한다.

접촉할 시 즉사굴림을 해서 살아나면 60초간 더 살 수 있지만, 그 경우에도 HP가 초당 15씩 줄어드니 실질적으로 어떤 생명체도 그리 오래 살 수 없다.

"…우라질!!"

더럽게 짜증나는 기술이다. 저주술사 본인은 세상 어

디에 처박혀 있는지 알지도 못하는데, 나는 겨우 1분 10초 있으면 빈사상태가 된다니!

[ 크하하하. 죽을 때의 고통은 수천 마리의 벌레가 몸속을 파고드는 것과 같다. 벌레처럼 죽어라, 벌레 같은 놈아! ]

"제길, 그래서 어쩌라고!!"

나는 열 받는 김에 고래고래 소리를 질렀다.

"벌레한테 밟힌 도마뱀이 말이 많아! 나 같으면 혀 깨물고 죽겠다!"

[ ……. ]

한순간이지만, 시스테마인의 진흙분신이 벙찐 것을 본 건 내 착각이었을까? 그러나 저딴 놈에게 신경 쓸 여력이 없어서 곧장 행동에 들어갔다.

"텔레포트(Teleport)!!"

쉬쉭.

어제 미리 준비해 둔 6클래스의 텔레포트 주문이 발동되자마자 내 몸은 해수면 위에 떠올랐다. 나는 이미 세노틱 호가 조류 때문에 꽤 멀어진 걸 깨달았다. 어찌 되었든 란체스터 군도 내부까지만 가면 다시 만날 수 있을 것이다.

첨벙.

"하아…"

물 위에 몸을 띄운 상태에서 천천히 숨을 몰아쉬었다.

내 몸이 세포 단위부터 부서지면서 위험 신호를 보내는 게 느껴진다. 내 HP가 선명하게 줄어드는 게 보였다.

[927 / 1,210]
[912 / 1,210]
[898 / 1,210]

서둘러야겠다. 나는 청력으로 분신이 더 쫓아오지 않는 걸 확인한 후, 나직이 마법의 주문을 읊조렸다.
그 어떤 마법보다 마법 같은 최고의 단어를.
지금까지 내 삶을 이어 준 주문을.
"레벨업."
부웅.

[그랜드 팔라딘 Lv. 7이 되었습니다!]
[모든 마법 질병에 면역이 되었습니다.]

레벨업 하자마자 HP의 한계치가 올라가면서, 단숨에 현재 체력이 200 정도 채워져 버렸다. 이것이야말로 내가 레벨업 하는 동안 발견해 낸 숨겨진 조각(Hidden Piece)이다.

연이어 레벨업 하면 할수록,

"레벨업, 레벨업, 레벨업!!"

체력은 채워지고 신체는 회복되면서,

"레벨업!!!"

[레벨업 효과로 '탈마히라의 저주(2단계)가 해제되었습니다!]

"우하핫!!"

심지어는 신의 저주마저도 5연속 레벨업 앞에서는 풀려 버리고 마는 것이다! 이럴 때를 위해서 언제나 조금씩 경험치를 남겨 두는 것이다. 나는 내 생각대로 되어 버린 것을 확인하고는 회심의 미소를 지었다.

J. S.

Lv 11 그랜드 팔라딘
Lv 12 템페스트

[그랜드 팔라딘 Lv. 10이 넘어서 다음 단계의 상위직으로 승급하실 수 있습니다. 다음 단계인 '디바인 크루세이더 (Divine Crusader)'가 되시겠습니까?]

디바인 크루세이더?
성령대전사라는 호칭은 대단해 보이지만, 그랜드 팔라딘과 별로 달라 보일 건 없어 보였다. 단지 이 땅에서 잊혀진 팔라딘의 5차 상위직이나 되니까, 아마 숨겨진 위력이 있을 것이다.
"승급한다!"
[디바인 크루세이더 Lv. 1이 되었습니다.]
[유니크 스킬 '네메시스(Nemesis)'를 배웠습니다. 유니크 스킬의 수련도를 만족시키기 전까지 설명창은 해금되지 않습니다.]
엥 이건 또 무슨 소리야? 설명이 없는 기술이라니!
내가 황당해서 눈을 크게 떠 봤지만, 역시 네메시스 스킬에 대한 설명은 어디에도 보이지 않았다. 지금까지 어떤 기술이라도 설명이 한 줄은 있었던 걸 생각하면 이례

적인 일이다.

내가 당황을 감추기도 전에 창이 연달아 떴다.

[고대 던전 '이누타브의 샘물 동쪽'이 해금되었습니다. 권장 파티레벨 Lv. 25입니다. 주문저항이 높은 마물(魔物)이 서식하므로, 전사계열을 권장합니다.]

[디바인 크루세이더가 되어서 하루에 한 번, 완벽초인(Perfect Crusader) 모드를 발동시킬 수 있습니다.]

[최종 상위직인 마스터 팔라딘(Master Paladin)이 되기 위해서는 자신이 모시는 신과 1회 대면이 필요하므로 주의해 주십시오.]

"……."

그렇군.

이제야 이누타브와 만날 자격이 생겼다는 거냐?

'그럴듯한데.'

5차 상위직쯤 되는 디바인 크루세이더라면 교황 바로 아래의 친위대이다. 그 정도가 되어야 이누타브의 샘물에 넣어 줄 수 있다는 뜻이다.

이누타브의 샘물에는, 아마 엄청난 괴물들이 서식하고 있을 것이다. 말이 25레벨이다. 각 도시의 최강자급이 몰려가야 겨우 클리어할 수 있는 던전이란 뜻이다.

지금의 나라고 해도 죽음을 각오해야 할지도 모른다.

하지만 지금은 도리어 도전 의욕이 불타오른다!

"헤헷, 좋구만?!"

안 그래도 레벨이 급상승한 이래로 별로 적을 못 만나 봤다. 그것도 거의가 1대1이었고, 다수의 적은 상대한 적 없다. 이제야 뭔가 영웅모험기처럼 되어 간다는 생각에 기뻐졌다.

그리고 거기에서 레벨업을 하면 얼마나 강해질까?!

첨벙.

나는 싱긋 웃음을 지으며 백조처럼 하체를 바다에 넣은 후 빠르게 움직였다. 동시에 상체가 마치 배와 같은 빠르기로 나아가기 시작했다.

부부부부부북.

튀어 오르는 물살을 맞으며 약간 복잡한 기분이 되었다. 어째 보기가 별로 안 좋다.

"…세상에 이렇게 수영하는 사람이 있을까."

백조수영!

수영 스킬이 Lv. 10이 되면서 배운 것으로, 이미 수영 발길질이 인간을 초월할 정도가 되었다. 그 때문에 상체는 가만히 있어도 하체 움직임만으로 엄청난 속도로 바다를 헤엄칠 수 있는 것이다.

…다만, 꽤 보기 흉하다.

부부부부부.

"배, 백조…."

나는 힘없이 중얼거렸다.

이게 제일 편하고 빠르긴 하지만, 어쩐지 위대한 레벨업 다음에 영광으로 향하는 장면치고는 볼품이 없다. 상반신만 띄워 놓고 움직이는 전사 같은 건 영웅답지 않단 말이다!

내 소리 없는 절규에도 불구하고 스킬은 착실하게 발동하면서 나를 란체스터 군도로 옮겼다. 초당 9미터씩은 나가는 듯한 속도였다.

파바바바박.

"오, 오리…. 이거 오리 아냐."

왠지 백조보다는 오리를 닮았다는 좌절스러운 느낌에 고개를 떨어뜨릴 때였다.

[ 크으으으!! 나를 무시할 셈이냐!!! ]

"어엉?"

내가 뒤를 돌아보자, 백조수영을 하고 있는 내 뒤로 심해의 진흙이 솟아올라서 거인처럼 변하며 나를 쫓아오고 있었다.

풍덩풍덩.

진흙거인이 수영을 하며 풍덩거리는 모습은 꽤 위압적이었고, 파도도 내 뒤로 몰아쳐 오고 있었다. 원래라면 크게 놀라서 대비해야 할 상황이었다.

부부부부부.

"……."

[ ……. ]

그러나 내 백조수영의 속도가 너무 빠른 탓에 놈은 제대로 쫓아오지 못하고 점차 뒤처지고 있었다. 나는 고개만 돌린 채로 상체로 합장을 했다.

"어, 그럼 나 먼저 갈게…."

[ 이, 이놈! 네놈은 인어였던 것이냐! 대체 그 수영은 뭐냔 말이다! ]

뒤에서 진흙거인이 외쳤지만 나는 차마 대답해 줄 수가 없었다. 이걸 백조수영이라고 하려니 왠지 자폭하는 느낌이 들었기 때문이다.

대신 최대한 포장을 하면서 허세를 부리기로 했다.

"후, 후후! 너는 백조에 대해 들어 보았느냐!"

[ 백조?! ]

시스테마인이 의외의 말에 깜짝 놀랐다.

"그래! 백조는 겉은 고요하게 있으나, 물속에서 끊임없이 노력하며 헤엄치고 있지! 그게 드래곤인 너와 나의 차이다!!"

[ 우웃…!! ]

뒤쫓아 오던 시스테마인의 진흙거인이 이를 악물었다.

왠지 멋져 보이는 내 말에 허세력으로 압도된 것이다. 그러나 이내 고개를 갸우뚱거리며 말했다.
[ …근데 추하지 않나? ]
"……"
부부부부부부.
"아—하하하하하하하하하하하하핫!!!!"
나는 미친 듯이 웃으며 더욱 백조수영의 속도를 올렸다. 시스테마인이 뒤에서 당황하며 외쳤다.
[ 이, 이봐. 기다려. ]
"으아하하하하하하하하하하하하하학?!?!"
마지막은 꼭 비명처럼 된 것 같지만 어쩔 수 없다.
두 번 다시 사람 앞에서는 백조수영 따위 하지 않을 테다!! 제기랄!!

내가 란체스터 군도 앞에 도착했을 때는 벌써 해가 저물어 가고 있었다. 어떻게든 모로 가도 수도로만 가면 된다는 생각에 무작정 앞으로 나갔더니, 운 좋게도 화산이 보이는 본토로 도착한 모양이다.
철퍽.
나는 물에 젖은 몸을 이끌고 모래사장 위에 기듯이 올라섰다. 아무리 내 체력이 좋다고 해도 신의 저주까지 받고서 몇 km나 수영을 했으니 슬슬 지치는 것이 느껴졌다.

다행히 중간에 백조수영으로 시스테마인의 저주분신은 따돌린 것 같지만, 언제 그놈이 쫓아올지 모르는 상태다.

빨리 동료들과 합류하려고 생각하며 주변을 돌아볼 때였다. 갑자기 선명한 살기가 느껴지면서 내 전신을 위협하고 있었다.

'흥. 또 뭐야….'

하지만 다소 조잡하고 약해 보이는 기운이었다. 나는 청력을 강화시켜서 주변을 탐색한 후, 30미터 밖에 누군가가 숨어서 나를 기다리고 있다는 사실을 알아챘다.

내가 망설임도 없이 그쪽으로 걸음을 옮기자, 순식간에 단도 몇 자루가 나를 향해 날아왔다. 어지간한 전사도 구르면서 피해야 할 속도와 힘이었다.

슈슈슉―

'이걸 공격이라고.'

나는 날아오는 나이프 세 자루를 향해 왼팔을 뻗었다. 그러자 보통 전사의 수십 배로 빨라진 반사 신경이 맥동하면서 나이프를 잡아챘다.

그것도 두 손가락으로 모두 잡아내어 버렸으니, 배를 타기 전보다 훨씬 강해진 셈이다.

파파팍.

상대가 연이어서 나이프를 두 자루 던졌으나, 나는 보

지도 않고 피해 버렸다. 상대는 그제야 실력이 안 되는 사실을 알아차렸는지 나무 뒤에서 슬쩍 걸어 나왔다.
 "역시 대단하십니다. 그 공격을 그렇게 쉽게…."
 나는 퉁명스럽게 나이프를 던져서 돌려주었다.
 "어이, 카몽. 사람을 보면 다짜고짜 나이프를 던지는 성격이셨나? 위험하잖아."
 나타난 것은 부선장인 카몽이었다. 카몽은 멋쩍은 듯 머리를 긁으면서 내게서 나이프를 돌려받았다. 그리고 변명하듯이 말했다.
 "죄송합니다. 세노틱 호가 박살 나면서 모두 뿔뿔이 흩어진 상황이라, 저로서는 일단 경계해야 했습니다."
 "배가 부서졌다고?"
 나는 카몽의 말에 깜짝 놀랐다. 카몽은 거짓말을 하고 있지 않았다. 배는 내 소울 인젝터 덕분에 소용돌이를 피하는 데는 성공했지만, 조류의 속도를 이기지 못하고 암초에 부딪혀 버린 것이다.
 다행히 섬 근처의 암초에 부딪힌 덕에 대부분의 사람이 살아 있는 모양이었지만 다 흩어져 버렸다. 나는 대충 상황을 파악하고는 카몽에게 말했다.
 "카르르기와 키타론이라면 충분히 살아 있을 거야. 그 녀석들이 아직도 나타나지 않았다면, 아마 먼저 이 섬의 화산 내부로 향했을 것이다."

"화산 내부요? 왜….."

"거기에 우리를 옮겨 줄 만한 이동 수단이 있으니까, 생존자 확인이 좀 늦어져도 녀석들은 그걸 먼저 확인하고 싶었겠지."

그렇게 대꾸한 나는 곧장 청력을 발동시켜서 주변에 있는 사람들을 찾아내었다. 내가 제일 처음으로 각성한 이 능력은, 반경 1.5km 내에 있다면 개구리 뛰는 소리까지도 감지해서 누가 어디에 있는지 알 수 있다.

즈즈즈즘—

청력이 물건을 반사해서 가지고 들어오는 정보가 내 머릿속을 채웠다. 입체 공간이 머릿속에 떠오르면서 근처의 지형이 들어왔다.

'하나… 여섯… 여덟. 아니 열다섯 명. 근처에 많이 있구나.'

하지만 다들 란체스터 군도의 악명에 짓눌려서 탐색할 생각도 하지 못하고 꼭꼭 숨어 있다. 제법 고수인 카몽도 내가 오기 전에는 숨어 있었을 정도니 다른 선원이나 마법사는 어쩔 수 없었을 것이다.

"어이, 가자."

"알겠습니다."

나는 카몽과 함께 돌아다니며 선원과 마법사들을 구했다. 웬 해저 동굴 쪽의 암굴에 들어간 사람을 구하는 일도 있었는데, 다행히도 내 수영 스킬이 높아서 손쉽게 꺼내 줄 수가 있었다.

열다섯 명 모두를 구하자 날이 저물어 있었다. 나는 사람들을 시켜서 불을 피우게 하기보다는 서둘러 화산으로 향해야 한다는 생각이 들었다.

이 섬은 그리 넓지 않다. 돌아다니던 중에 계속 청각 능력으로 감지를 했더니, 이 섬 전체를 감지할 수가 있었다. 그러나 이 열다섯 명을 제외하고 나머지는 보이지 않았다.

다른 섬에 끌려 들어가 죽었을 수도 있지만, 나머지 스무 명은 아마 카르르기나 키타론과 함께 섬 중앙에 있는 화산에 들어갔을 거라는 생각이 들었다.

화산 내부는 내 청력으로도 감지가 되지 않았다. 청력을 발동시킬 때마다 예전처럼 커다란 장막으로 안을 감싼 느낌이 드는 것이다.

'자연 화산에 마법 보호가 되어 있을 리 없잖아. 저 안엔 틀림없이 뭔가 있어.'

그렇게 생각한 나는 사람들 앞에 나가서 외쳤다.

"나를 따라와 주십시오! 남은 일행은 저 화산 안에 있습니다. 그들과 합류하고 나면 이 섬의 악명이 어쨌든 간에 안전해질 수 있습니다."

"화, 화산?"

"저 안에 들어간다고요."

선원과 마법사들의 눈이 휘둥그레졌다. 그도 그럴 것이, 저 화산은 지금 활동하면서 용암을 분출하는 건 아니지만 용암이 굳은 흔적이 보인다. 만일 화산 안에 들어갔다가 폭발하면 모두 죽은 목숨이기 때문이다.

하지만 나는 단호하게 말했다.

"우린 저 소용돌이도 빠져나왔습니다. 배도 사라진 마당에 저 안에 들어가는 것 따위가 대수입니까? 믿고 따라와 주시면 틀림없이 돌아갈 수 있습니다!"

"음… 그렇다면…."

"어쩔 수 없지."

사람들은 대개 내 말에 동의하는 기색이었다.

귀신해적단 단원들은 군중 속에 많이 보이질 않았다. 두세 명을 제외하곤 모두 키타론 등을 따라간 모양이다. 나는 사람들을 이끌고 섬 중앙의 화산으로 향하기 시작했다.

저벅.

밤이 되어서인지 한층 주변이 어두워져 있었다. 뒤에서 있던 누군가가 재촉하듯 내게 말했다.

"어둡습니다! 횃불이라도…."

나는 힐끔 뒤를 돌아보며 말했다.

"불을 켜면 적에게 우리 위치를 알려 주는 게 되어서

안 됩니다."

"그래도 발밑이 보이지 않아서."

나는 고개를 끄덕이고는 빠르게 수인을 맺으며 주문을 외웠다. 왠지 그랜드 팔라딘에서 디바인 크루세이더가 되면서 좀 더 주문 영창이 빨라진 느낌이다.

"딥 비젼(Dip Vision)!!"

"어엇!"

5클래스의 범위 마법이 펼쳐지자, 사람들은 갑자기 초록색으로 시야가 바뀐 것에 당황해했다. 나는 차분하게 사람들에게 딥 비젼의 효과를 설명해 주었다.

"이걸로 명암 정도는 구분할 수 있을 겁니다. 앞의 사람을 놓치지 말고 잘 따라오세요."

"오오… 대단하군."

마법사 하나가 감탄성을 내었다.

"딥 비젼을 이렇게 쉽게 쓸 수 있다니, 당신은 정말 6클래스의 마법사군! 그 나이에 6클래스란 것도 믿기지 않지만…."

그 후로 우리는 한참 동안 말없이 숲을 이동했다. 화산 주변을 울창하게 둘러싼 숲은 조금의 소음도 없이 고요했다. 가끔씩 날벌레나 날짐승이 우는 정도였다.

카몽이 옆에서 걷다가 불안한 듯 말했다.

"분명히 란체스터 군도에는 마물들이 수도 없이 살고

있다고 들었는데, 쥐새끼 하나 없이 조용하군요."

"그러네. 아까도 마물 같은 건 안 보였고."

나는 뭔가 이상한 생각이 들었다.

세상에 란체스터 군도는 인간 세상에서 볼 수 없는 가공할 마물들이 살고 있는 곳이라고 들었다. 트루오우거, 가고일오크는 물론 크라켄이나 미노타우로스까지 있다고 했다.

하지만 지금은 그 흔한 늑대나 호랑이도 한 마리 없을 정도로 섬 전체가 조용한 것이다. 밤에 야생 몬스터는 더 활발하게 마련인데 정말 이상한 일이었다.

이윽고 산 아래에 도착하자, 그곳에는 쩍 하니 입을 벌리고 있는 동굴 입구가 보였다. 족히 열 사람은 넉넉히 들어갈 정도로 넓었다.

'여기가 아마 화산 내부로 통하는 통로겠지.'

"여기 표식이 있습니다."

카몽의 외침에 동굴 입구의 바위를 살펴보았다. 그러자 그곳에는 확실히 O 자로 표시되어 있는 표식이 긁혀 있었다. 이건 선원들끼리 사용하는 표시였다.

나머지 사람들은 동굴 안으로 들어간 게 확실해 보였다. 나는 고개를 끄덕이고는 앞장서서 동굴 안으로 들어갔다.

저벅.

저벅.

동굴을 들어가는 길은 점차 깊고 넓어졌다. 그러더니 100미터쯤 걷자, 저만치에 빛이 보이기 시작했다. 보통 이런 암굴에서 빛이 보이는 것은 드문 일이라서 모두가 경계했다.

이윽고 공동 안으로 들어왔을 때였다.

"아! 기다렸습니다!"

"너는 박격포?"

"그렇습다."

태권이라는 기묘한 무술을 쓰는 동방무예가, 박격포가 공동 중앙에 앉아 있다가 반색을 하며 우리를 맞이했다. 이 녀석도 해적단의 부선장이다. 카몽이 급히 박격포에게 물었다.

"박격포! 캡틴은 어디 계시냐."

"저 안쪽에 먼저 들어가 계신다. 그런데 막혀서…."

"막히다니 무슨 말이야."

내가 박격포의 말을 끊고 묻자, 박격포는 뭔가 마땅찮은 표정을 짓더니 내게 그 이유를 설명해 주었다. 이놈은 내가 마음에 안 드는 모양이다.

"대천문이란 걸 탈 수 있는 마지막 문이 있는 것 같은데, 도무지 열리지를 않아서 거기에 모두 모여 있습니다. J. S 씨가 오면 빨리 데리고 오라고 캡틴이 그러셨

습다."
 대천문은 신이 직접 만들어 낸 최고의 이동마법문.
 그런 만큼 대천문을 지키는 프로텍트나 방어막이 있는 것은 당연한 일이다. 나는 일이 심상치 않다고 생각하고 박격포를 따라서 좀 더 깊숙한 곳으로 들어갔다.
 또다시 한참을 걷고 걸어서 여러 개의 공동을 지났을 때였다. 그곳에는 카르르기와 키타론을 포함해 나머지 일행 모두가 앉아서 쉬고 있었다.
 다행히 아무도 다친 곳은 없어 보인다.
 키타론이 나를 보더니 반가운 듯 손을 흔들었다.
 "역시 살아 있었냐! 내 생각대로 사람들을 다 구해서 와 줬구만."
 그 말에 살짝 열이 올랐다.
 "한 명쯤은 나머지 사람들을 구해도 되잖아?"
 키타론이나 카르르기가 내게 일을 미뤘다는 생각에 퉁명스럽게 말하자, 키타론은 그게 아니라는 듯 손을 저으면서 다급히 말했다.
 "이 섬에는 마물은커녕 맹수도 없다. 그 정도면 다들 자기 몸 하나 지킬 정도 실력은 되니까, 일단 대천문부터 뚫는 게 먼저라고 생각했다."
 얘기하는 걸로 봐서, 나는 꽤 늦게 도착한 모양이다. 키타론은 말꼬리를 흐리며 저만치에서 잠들어 있는 카르르기를 엄지손가락으로 가리켰다.

"사실 저 아가씨 생각이지만. 나야 내 선원들부터 구하고 싶었지."

"그러냐."

나는 카르르기를 힐끔 바라보았다. 뭘 했는지 피곤해서 잠든 것 같다. 피도 눈물도 없는 냉정한 판단은 여전한 것 같았다.

키타론이 나를 잡아끌더니 구석에서 말했다.

"여기까지 주문 함정과 봉인 문이 여섯 개나 되었는데, 저 아가씨가 다 풀었거든? 일단은 자게 놔두고 마지막 봉인 문을 풀 궁리를 하자."

"트루네임으로 푼 건가."

"트루… 뭐?"

내 중얼거림에 키타론이 괴상한 표정을 지었지만, 내 머릿속은 약간 복잡해졌다. 지금까지 오면서 지나쳤던 공동들은 봉인 문 뒤쪽의 공간이었던 것이다. 신이 직접 설치한 대천문의 봉인 문들을 이토록 단시간에 뚫을 수 있다니 대단한 일이었다.

'트루네임은 [신]에 필적할 수 있는 힘이다.'

얼핏 본 거지만 이곳의 봉인 문은 적어도 8~9클래스의 궁극 마법사가 오지 않는다면 해제할 수 없을 것이다. 그런 걸 혼자서 여섯 개나 풀어 버렸으니 카르르기의 힘은 대단하다.

 또한 마지막 봉인 문은 카르르기도 풀지 못하고 잠들었을 정도로 대단하다는 뜻이다. 나는 자리에서 일어나서 높이가 6미터나 되는 봉인 문의 앞에 섰다.

 투박한 문양이 새겨져 있는 구리문인 것 같다. 보통 이 정도라면 내 '소울 인젝터' 한 방에 날아가겠지만, 마법이 걸려 있다면 괜히 힘만 낭비하는 것일 수도 있다.

 내가 한참이나 봉인 문을 보고 있자 키타론이 어깨를 으쓱이며 말했다.

 "안 돼, 안 돼. 저 아가씨도 이 문은 도저히 안 되겠다며 포기해 버렸다. 혼자서는 절대 못 뚫어."

 "그럴까…."

 나는 고개를 갸웃거렸다.

 왠지 이 문양은 친숙하다.

 0과 1, 그리고 9와 같은 문양이 어지럽게 도열하며 둥글게 펼쳐져 있는 형상. 내가 지닌 마법 지식 어디에도 없는 문양이지만— 난 왠지 이 문양을 어디에선가 본 것 같다.

 그건 상당히 좋은 느낌이었다.

 이 문양을 나쁜 느낌으로 본 게 아니라, 내가 당연히 다룰 수 있는 것으로 자주 보았다. 그런 기분이 들어서 견딜 수가 없었다.

 이건 대체 뭐지?

 내가 멍한 표정으로 이누타브 블레이드를 들어서 봉인 문 앞에 갖다 대었을 때였다. 섬뜩한 소리와 함께 이누타브 블레이드의 검극에서 새파란 기운이 튀어 나가고, 봉인 문이 크게 흔들리기 시작했다.

 쿠구구구구궁.

 [오래 기다렸다. 마침내 여기에 왔구나… 그대 연회종결(Deus Ex Machina)의 방랑자(Wishmaster)여….]

 거대한 목소리가 내 머릿속에서 울려 퍼졌다. 나는 당황해서 주변을 둘러보았지만, 그 중저음의 기계음은 다른 누구에게도 들리지 않는 것 같았다.

 심지어 키타론이나 다른 사람들은 지금 봉인 문이 흔들리는 것도 느끼지 못하는 것 같았다. 나만 시간이 멈춘 세계에 들어와 있는 느낌이다.

 내가 당황하건 말건 그 목소리는 연속해서 울려 퍼졌다. 귓전을 찢을 정도로 거대한 음량인데도, 신기하게 고통은 느껴지지 않았다.

 도리어 몸이 나른해질 정도의 청량감이 몸을 감쌌다.

[우리, 연회종결자의 뜻을 믿으며 그대 방랑자에게 힘을 빌려주리라… 이 순간을 통해서 전 세계의 대천문의 봉인을 해제하겠노라.]

철컹.
철컹.
그리고 뭔가가 열쇠로 딸각 열리는 듯한 소리가 연이어서 들리며, 그때마다 기계음이 머릿속에 울려 퍼졌다. 이 소리는 내가 창을 열 때마다 듣는 것보다 훨씬 투박하고 원시적인 느낌이었다.

[필리아딘 대천문의 봉인을 해제합니다.]
[하라빈타 대천문의 봉인을 해제합니다.]
[프릭시온 대천문의 봉인을 해제합니다.]
[탈 마릴 대천문의 봉인을 해제합니다.]
[목야(牧野) 대천문의 봉인을 해제합니다.]
[낙양(落陽) 대천문의 봉인을 해제합니다…]
[승천 최종의 도시의 봉인 문을 해제합니다…]

그런 식으로 무려 열다섯 개의 봉인이 해제되면서 내

머릿속에 불이 확 들어온 것 같았다. 전 세계에 흩어져 있는 모든 대천문의 장소와, 그 주변 전경이 한순간에 내 머릿속으로 흡수되는 것 같다!

이윽고 무미건조한 소리가 한 번 더 울려 퍼졌다.

[대천문 쌍방향 소통시스템이 발동되었습니다. 각인을 지닌 자는 신마력과 트루네임 소모 없이 이동할 수 있습니다.]

"뭐, 뭐야."

그제야 이상을 느꼈는지 키타론을 비롯해서 사람들이 내 쪽을 보기 시작했다. 아까부터 내 눈에는 명백히 흔들리고 있던 봉인 문이 급격히 떨리면서 동굴을 울리기 시작했다.

쿠르르르르릉.

봉인 문이 쩍 열리면서 안에 펼쳐진 광대한 유적이 한눈에 들어왔다. 하나같이 고도의 기술과 솜씨로 이루어진 문화 유적이었다.

마법사들은 곧장 유적에 뛰어들면서 연신 감탄성을 발했다. 그들은 마치 광기에 빠진 것처럼 미친 듯이 주변의 유적을 돌아다녔다.

"미, 믿을 수 없어!"

"이건 대전쟁 아사페트라 이전의 유적이다! 신의 분노에서도 살아남은 유적이라니…!!"

"이것 봐! 드래곤의 동상이다!"

선원들은 선원들 나름대로 마법사들만큼 흥분해 있었다. 유적 여기저기에는 마치 길가에 널린 것처럼 황금과 귀금속이 흩어져 있었다. 그들은 대번에 뛰어들어서 금을 줍기에 바빴다.

카몽과 슈스리가 연신 즐거워하며 외쳤다. 장밋빛 미래를 머릿속에서 그리고 있다.

"크하하핫! 이 정도 금화면 해적함단 한두 개 꾸리는 건 일도 아니야!"

"캡틴! 우리 자금줄이 생겼슴다아아!!"

"……"

정작 키타론은 즐거워하기보다는 복잡한 표정으로 나를 바라보고 있었다. 나도 지금의 상황이 이해가 되지 않아서 멍하기는 마찬가지였다. 그런 내게 키타론이 바늘로 쑤시듯이 예리한 질문을 했다.

"너, 대체 뭐냐?"

"무슨 말이야."

키타론이 얼굴을 바싹 가져다 대며 으르렁거렸다.

"이상하잖아. 저 아가씨는 열 수 없었던 게, 네가 오자마자 마치 기다렸다는 듯이 열린다는 게 말이 안 되잖나. 너는 대체 이 유적과 어떤 관계가 있는 거지."

나는 그 말에 대답하지 않았다. 정확하게 말하자면 대

답하지 못했다. 이 상황을 나도 이해하지 못하는 판에 설명해 줄 순 없는 것이다.

대신 걸음을 크게 옮겨 유적 안으로 들어갔다.

키타론은 나를 수상쩍은 눈으로 바라보았지만 이내 나를 따라 안으로 들어왔다. 키타론이 곁에 있던 부하에게 외쳤다.

"어이! 저 아가씨 조심해서 부축해서 모시고 와."

"알겠슴다!"

쿠궁.

"어엇!"

카르르기를 비롯해 우리 모두가 유적 내부에 진입하자 광대한 소리와 함께 문이 닫히기 시작했다. 모두들 깜짝 놀랐지만, 그 소리에 깨어난 카르르기가 희미하게 눈을 뜨며 말했다.

"열렸군요. 어떻게…."

"카르르기, 깨어난 거야?"

카르르기는 부축을 뿌리치고 비틀거리며 그 자리에 섰다. 잠시 머리를 휘저으며 정신을 챙기던 녀석은 닫힌 입구를 노려보며 말했다.

"걱정할 건 아니에요. 대천문을 사용할 자 외에는 아무도 유적에 들어오지 못하게 하는 자동 장치니까요. 어서 내부로 가죠."

카르르기는 왠지 서두르는 느낌이었다. 모두가 카르르기의 말에 동의하고는 빠르게 걸음을 옮겼다. 지금은 지체해서 좋을 게 없는 것이다.

쿠쿵!!

발밑이 크게 흔들리면서, 동굴 전체가 진동했다. 걸어가던 사람들이 휘청거리면서 넘어졌다. 마치 지진이라도 일어나는 것 같았다.

"뭐지?!"

"이건…."

사람들이 당혹해할 때, 나는 이 진동의 근원을 재빨리 추적했다. 안에 들어온 다음에는 청력으로 바깥을 감지할 수 있는 것이다.

진동을 타고 주변의 정보가 뇌 속으로 타고 들어왔다. 마치 시선이 투명하게 확장되는 느낌이다. 그렇게 감각을 넓혀 가던 중에 무언가가 잡혔다.

그것은 엄청난 크기의 진흙!!

가히 몸의 높이만 해도 15미터는 되고, 팔다리를 합치면 화산 한쪽을 채울 정도였다. 기교 없이 반죽한 흙인형 모습을 한 [진흙]은 쿵쿵대면서 주먹으로 화산 곳곳을 두들기고 있었다.

쿠쿵.

그 진흙에 다시마나 해초가 잔뜩 얽혀 있는 걸로 봐서

는 심해의 진흙을 몽땅 빚어서 만들어 낸 것 같다. 그 진흙거인이 용트림을 칠 때마다 대기가 떨리는 것이 위압적이었다.

나는 거기서 느껴지는 마력의 색깔을 느끼고 전율했다. 저런 짓을 할 만한 녀석은 하나밖에 없었다.

"시스테마인!"

혹시나 했는데 역시나 그놈이었다.

"뭐라고!!"

내 혼잣말을 들은 키타론이 깜짝 놀랐다. 갑자기 자신의 최대 원수의 이름을 들었기 때문이다. 하지만 나는 키타론을 신경 쓰지 않고 이를 꽉 물었다.

"거기서 벌써 쫓아와 버렸군."

진흙이 느리니까 마력을 있는 대로 동원해서 거인을 만들어 버린 것이다! 단순하지만 잔머리가 좋은 녀석이다.

저런 거인이 한 발짝씩 움직이면 몇 십 미터씩 바다를 나아갈 수 있다. 속도가 아니라 크기로 때워 버린 것이다.

"시스테마인 놈이 지금 밖에 있단 말이냐?"

당황하는 키타론에게 급히 말해 주었다.

"그놈이 마력으로 만들어 낸 분신이 있다."

"큭."

대천문 131

키타론도 사태의 심각성을 깨달았는지 얼굴이 굳어졌다. 옆에서 듣고 있던 마법사들과 선원들은 불안해져서 웅성거렸다.

카르르기가 무표정하게 말했다. 역시 이 자리의 누구보다 냉정 침착했다.

"그럼 서둘러요. 이렇게 된 이상 대천문을 빨리 여는 수밖에 없네요."

"아, 그래."

타다다닷.

모두가 유적 안으로 필사적으로 뛰기 시작했다. 넘어지는 사람이나 지쳐서 못 뛰는 사람도 생겨났다. 하지만 유적 내부의 대마법진까지는 채 3분도 걸리지 않았다.

우우우웅.

대마법진은 상아색의 가루를 흩날리며 조용히 우리를 기다리고 있었다. 크기는 6미터 정도로, 잘 보면 현대 마법에 쓰이는 육망성과는 달랐다. 육망성에 점이 하나 추가된 칠망성(七望星)이었다.

대마법진 주변에는 또다시 여섯 개의 소마법진이 둘러싸면서 중앙으로 마력을 모아 주고 있었다. 그 배치와 증폭률이 대단했다.

마법사들이 대마법진을 눈으로 보자마자 비틀거리면서

머리를 짚었다. 그도 그럴 것이 대마법진에서 흘러나오는 농후한 마력이, 마나에 민감한 사람들에게는 전율로 받아들여지기 때문이다.

대신에 이곳에 서 있기만 해도 마력이 빨리 채워지는 느낌이었다. 보통 자연력이 충만한 곳보다 다섯 배는 마나의 농도가 진한 것 같았다.

"이런 곳이 있다니."

오늘 소모한 마력이 몇 초도 안 되어서 빠르게 회복되는 것을 느끼며 감탄했다. 카르르기는 계속 두통이 심해지는지 머리를 감싸 안다가 힘겹게 말했다.

"여기가 대천문이에요… 마지막 봉인 문도 뚫었으니 제대로 발동할 것입니다. 저도 실제로 구동되는 걸 보는 건 처음이네요."

"무슨 소리야. 지금까지는 보긴 했어도 사용하지 못했다는 건가?"

내 질문에 카르르기가 고개를 끄덕였다.

"오레이칼코스가 대천문의 유적을 발견하고 연구했지만, 아사페트라 이후 아예 닫혀 버린 것 같았어요. 저도 반쯤은 도박하는 심정으로 들어온 거였는데."

"……."

내가 뭔가 더 말을 꺼내려고 할 때 키타론의 마음이 급해졌는지, 급격히 독촉하기 시작했다. 키타론은 유적의 수수께끼보다는 살아남는 게 더 중요하다고 생각하는 것 같았다.

"그런 얘기할 때가 아니야! 일단 대천문이란 거 발동시켜서 이 자리부터 벗어나자고!"

"어디로 가죠?"

"뭐?"

"어디로 가는 게 좋을까요. 지금의 대천문은 열다섯 개나 되는 봉인이 모두 풀려 있어요. 전 세계 어디든지 갈 수 있다는 말입니다."

"흐음. 그건."

키타론은 뜻밖의 반문에 말문이 막힌 것 같았다. 전 세계를 자유자재로 이동할 수 있다면, 여기서 어딜 가느냐에 따라서 앞으로의 여정이 크게 바뀌는 것이다. 갑작스레 중요한 문제를 맞닥뜨렸으니 고민에 빠질 수밖에 없다.

나는 재빨리 의견을 내었다.

"이누타브의 샘물로 가야 돼!"

그곳의 던전으로 가야, 이누타브를 만날 수 있다.

그리고 이 모험의 진정한 목적을 알 수 있게 된다.

나를 처음에 인도했던 목소리가 무엇인지도 알 수 있을 것이다.

"허어, 동방신 이누타브라니. 그건 또 무슨 소리

야."

 사방신에 대해서 대충은 알고 있는 듯 키타론이 어이없어했지만, 카르르기는 내 말에 동의해 주었다. 그녀 생각에도 동방으로 가는 게 옳은 것 같았다.

 "그 말대로네요. 일단 샘물의 봉인지까지 가면 이누타브의 신관들이 지켜 줄 테니 한숨 돌릴 수 있을 겁니다."

 "아, 젠장! 일이 어떻게 되는 거야?! 멋대로 해!"

 키타론은 우리끼리 얘기하자 속이 답답해진 듯 팔짱을 껴 버렸다. 키타론한테 설명을 해 주면 좋겠지만 시간이 없는 상황이다. 그걸 이해한 키타론이 한발 물러서 준 것이다.

 그것은 우리를 믿어 주고 있다는 뜻이기 때문에 새삼 고마움이 느껴졌다. 카르르기가 모두와 시선을 교환하더니 한 걸음 앞으로 나섰다.

 "들으소서. 이 세상의 영령들은 모두 영락하여, 힘을 잃었나이다. 그 옛날 하늘과 땅이 아직 갈리지 아니하여 음양이 분명치 못하고 계란과 같이 혼돈한 가운데 몹시 귀한 형상의 어금니가 포함되어 있을 때."

 상당히 동방어가 포함되어 있는 주문이다.

 아마 고대에는 서방과 동방이 하나의 세계였다는 학설이 사실일지도 몰랐다. 동방주문도 유창하게 구사하는 카르르기를 보자 신기했다.

"맑고 양기 있는 것은 엷고 아름다운 하늘이 되고 무겁고 탁한 것은 당기고 엉키어 땅이 되었나니, 심연에서 태어난 것은 배웅하는 이에게 이야기가 되어 남곤 하였나이다. 이에 진실 된 이름(Truename)을 지닌 후예가 원하나이다."

순간—

카르르기의 전신에서 엄청난 마력이 흘러나오더니 대마법진으로 소용돌이처럼 빨려들었다. 그리고 주변에 있던 마법사들과 내 전신에서 마력이 뽑혀 나갔다.

마치 흡착기로 빨아 대는 듯한 느낌에 전신을 진동하고 있을 때 주변의 소마법진이 하나씩 밝게 켜지기 시작했다. 마법사들이 놀라움을 감추지 못하고 외쳤다.

"이, 이건?"

"전설로만 듣던 복합마법진(Dual Magic)인가!!"

"그래요!!"

쿠오오오.

카르르기가 대마법진의 균형을 맞추느라 구슬땀을 흘렸다. 마력을 조율하는 일이 생각보다 벅차 보였다. 그녀가 사람들에게 외쳤다.

"원래는 9클래스의 궁극 대마도사 한 사람이 필요한 일입니다! 여기 있는 모두의 마력으로도 힘들 테니 정신을 단단히 붙들어 매세요!!"

"설마, 체력까지 뽑아낸다는 건가!"

개중 수준 있는 4클래스 마법사 하나가 경악하며 외쳤다. 보통 마법진을 발동하다가 마력이 부족하면, 시전자의 체력과 기력까지 뽑아내 버린다. 카르르기가 그의 말에 침묵으로 긍정했다.

키타론도 상황을 눈치챘는지 자신의 선원들에게 외쳤다. 어느 정도 각오가 필요한 일이기 때문이다.

"이 자식들아! 정신 똑바로 안 차리면 서큐버스에게 당한 것처럼 미이라가 되어 버린다!! 귀신해적단의 긍지를 챙겨라!!"

해적들이 함성을 내질렀다.

"오우!!"

"캡틴만 믿슴다!!"

다행히도 이 근처에는 마력분포가 높아서, 이 숫자라면 생명까지 빼앗길 일은 없을 것 같았다. 보아하니 대천문은 이동하는 숫자 제한이 없는 대신, 9클래스급의 마력을 반드시 충전해야 하는 것 같다.

쿵.

쿠웅.

'첫 문을 부쉈어!!'

나는 시스테마인의 분신이 달린 봉인 문의 첫 번째를

부순 것을 알아채고 표정이 굳어졌다. 수십 톤이나 되는 진흙의 펀치는 장난이 아니라서, 계속 치다 보니 제아무리 봉인 문이라도 깨져 버리는 것이다.

웅성웅성.

사람들이 점차 불안해하기 시작했다. 그리고 소마법진의 빛도 점차 빠르게 채워졌다. 벌써 3개째의 소마법진에 불이 들어와 있었다.

마법사 하나가 참지 못하고 외쳤다.

"으윽. 대체 밖에서 쳐들어오는 게 무엇이오!"

"마법 분신입니다. 속도로 볼 때 우리가 더 빠르니까 걱정 마세요."

"제길! 너희 모두 우릴 속이고 있는 거 아니야?"

내가 나서서 마법사를 다독거렸지만, 원래 의심이 많고 폐쇄적인 마법사들은 이미 불신의 눈으로 우리를 바라보고 있었다. 귀신해적단 선원 중 하나가 그 눈빛을 느꼈는지 껄렁거렸다.

"이봐. 뭐가 그렇게 불안해?"

"불안하지 않을 수 있나! 아까부터 너희끼리만 정보를 알고 쑥덕거리고 있잖은가!"

그러자 선원이 그 마법사의 멱살을 잡으며 으르렁거렸다. 몇 년이고 해적질로 굴러먹은 살기에 마법사가 움츠러들었다.

"닥쳐! 별것도 아닌 마법사 새꺄! 뭐 마려운 강아지처럼 쫄아 갖고는."

"킥킥킥."

선원들이 조롱하자 그 마법사의 얼굴이 붉어졌다. 키타론은 얼마든지 나설 수 있지만 그저 지켜보고만 있었다. 이윽고 그 선원이 멱살을 놓으면서 나직이 말했다.

전에 내 돈을 훔치려 했던 펭류였다.

"캡틴은 우리에게 신이고, 법이다. 그런 캡틴이 정한 일이라면 우리 귀신해적단은 어떤 일이든 따른다! 캡틴이 틀릴 리가 없다! 피차 사지(死地)에 들어온 건 마찬가진데 좀 믿어 주면 어때서 그래."

"큭…."

마법사는 분한 듯 선원들을 노려보았지만 할 말이 없는 것 같았다. 그렇게 펭류가 나서자, 마법사들도 수군거리는 걸 멈추고 마력을 끌어 모으는 데 집중했다.

나는 그 모습에서 키타론의 카리스마를 느끼고 놀랐다. 일개 쫄병까지도 저렇게 한마음이 되어서 따를 수 있다니, 확실히 대단한 인물인 것이다.

콰쾅.

"우옷!"

재차 제2의 문이 파괴되고 공동이 크게 흔들렸다.

**대천문** 139

분신은 자꾸만 주변의 흙을 흡수해서 힘을 키우고 있었다. 처음 생각했던 것과는 시간이 맞지 않을 수도 있었다.

자연히 긴장하게 되었다. 저런 규모의 진흙에게 정통으로 탈마히라의 저주를 맞아 버리게 되면 아무리 나라고 해도 즉사다.

시간 싸움에서 이기는 쪽은 어느 쪽이 될까!

모두가 긴장해서 초조하게 소마법진을 기다리고 있을 때, 카르르기가 왼팔을 종으로 휘둘렀다. 그녀의 옷이 마력으로 물들어서 선명한 보랏빛이 되었다. 카르르기의 전신이 마력 그 자체가 된 것 같았다.

"대천문 발동(Warp Gate On)!!"

오오오오오.

마지막 여섯 번째 소마법진이 빛나면서, 여섯 개의 마법진에서 생겨난 마력의 흐름이 중앙의 대마법진으로 급격히 모여들었다. 실개천이 흘러서 강이 되는 모습이었다. 보는 사람들은 그 모습에 넋을 잃고 바라보았다.

이윽고 상아빛의 폭류(爆流)가 대마법진의 중앙에서 터져 나왔다. 시야를 찢어질듯이 메우는 마력의 폭발에, 조금이라도 마나를 다루는 자들은 모두 비명을 지르고 말았다.

"크아아앗!"

"이런!!"

파아아아아.

급속히 퍼져 나온 상아색 기류가 모두의 전신을 감싸 안았다. 그리고 점차 팔과 다리에 힘이 빠지더니, 몸이 가벼워지는 느낌이 들었다. 팔 끝에서 다리 끝까지 산산이 분해되어 버리는 것 같다.

이윽고 정신을 차려보았을 때—

그리고 아무도 없었다.

"아?"

나는 얼빠진 표정을 한 채로 아무도 없는 어두운 동굴에 혼자 서 있었다. 주변을 둘러봤지만 일행은 아무도 보이지 않았다.

심지어는 그 흔한 벌레나 쥐도 느껴지지 않는다.

어떻게 된 거지?

분명히 대천문이 발동하면 나와 카르르기, 키타론, 그리고 모든 사람들이 동시에 초이동(Warp)을 해야 정상인데.

"……."

마법이 잘못 시전되었다는 불안감에 침을 꿀꺽 삼켰다.

만일 뿔뿔이 흩어진 거라면 낭패도 이런 낭패가 없다. 졸지에 전 세계로 동료를 찾으러 다녀야 한다.

일단 내 몸은 내가 지켜야 된다는 생각에 슬며시 이누타브 블레이드를 꺼내 들었을 때였다.

"그 좋은 검 들고 이런 데서 뭐하나, 자네."

왠지 낯익은 목소리가 들려왔다. 나는 지금까지 청력을 시전하고 있었지만 그 존재를 눈치채지 못했다. 경악해서 뒤쪽으로 몸을 돌렸다.

그곳에는 담배 연기가 피어오르고 있었다. 제법 기교를 부렸는지 동그란 빵 모양이었다. 두 손가락을 직선으로 세우고 벽에 기대어서 맛있게 담배를 피우는 얼굴은 내게 익숙한 사람이었다.

회색 정장에 넥타이를 매고 있는 그 중년인은 피식 웃으며 말했다. 등 뒤의 거대한 장검이 흔들리고 있었다.

"안타깝게도 무기점은 당분간 폐업이라서 지금은 팔 만한 무기가 없네."

"아."

이 목소리, 이 모습은 단 한 명밖에 없다. 처음 여행을 시작하고 그토록 만나고 싶었던 사람이다. 나는 경악하며 외쳤다.

"훅스 씨!!"

전설의 골든프릭스 용병단의 일원이자, 퀘른의 무기점 주인인 훅스— 그는 이 황폐한 곳에서 혼자서 담배를 피고 있는 것이다!

제3장

# 이누타브의 샘물

훅스 마라우제.

전대(前代) 폴커 왕국의 전신(War Lord). 현역으로 활동할 때는 3만에 이르는 폴커 제1군단을 이끌었다. 용병왕과 에서론 자작님이 등장하기 전까지는 최연소 십대 검호였다.

자신의 무력도 탁월했지만 제국과의 50번의 전투에서 한 번도 패배한 적이 없는 전술의 귀재였다. 블랙 드래곤이 개입하기 전까지는 그대로 제국 수도 하라빈타를 함락시킬 거라는 소문이 있었다.

이후 용병왕의 모험심에 감화되어서 1군단 사령관을 그만두고 골든프릭스 용병단의 일원이 되었다. 이어진 약 6년간의 모험—

사람들은 그때부터 훅스 씨를 용병왕의 왼팔인 [소울

나이트(Soul Knight)]라는 별명으로 부르게 되었다.

"……."

이 사실들은 내가 가볍게 알아본 것에 불과하다. 그것만으로도 보통 사람들은 범접할 수 없는 초인(超人)이다. 퀘른에서 무기점이나 하고 있었다고는 믿을 수 없는 이력이었다.

내가 무슨 생각을 하건 간에 훅스 씨는 얇고 긴 담배를 뻑뻑 피면서 그 자리에서 움직이지 않았다.

"후— 이런 데서 자네를 만나다니, 인연이란 게 느껴지는군. 아니면 자네가 나를 찾아왔다거나?"

정곡을 찔린 느낌이 들었지만 사실대로 말했다.

"만나고 싶었지만 딱히 찾아온 건 아닌데…."

"그렇다 치고."

훅스 씨는 만사가 귀찮은지 순식간에 한 대를 다 피우고 또 다른 담배를 꺼내서 입에 물었다. 그야말로 내 동체시력으로만 간파할 정도로 빠른 속도였다. 저 무예 실력을 담배 피우는 데 쓰다니.

아무래도 훅스 씨는 전보다 레벨이 더 오른 것 같다. 훅스 씨가 발밑으로 담뱃재를 털며 말했다.

"내가 보기엔 꽤 궁금한 게 있는 표정인데."

판을 깔아 줬는데 말하지 않을 수 없다. 나는 그 말이 떨어지자마자, 제일 궁금했던 사실을 물어보았다.

"여긴 어딥니까?"

"엉? 무슨 소리 하는 건가."

훅스 씨는 갑자기 담배 피우던 걸 뚝 하고 멈춰 버렸다. 그리고 희한한 눈으로 나를 바라보았다.

"자네, 알고 찾아온 게 아니었나."

"어디냐고요."

윽, 이러고 싶지 않은데 자꾸 신경질적인 성격 때문에 따지듯이 되어 버린다. 훅스 씨는 신경 쓰지 않는지 반쯤 남은 담배를 마저 태우며 말했다.

"여긴 이누타브의 샘물이다. 대천문이 공명파장을 내뿜길래 잠깐 와 봤는데, 네가 떡하니 와 있으니 조금 놀랐다."

"이누타브의 샘물!!"

나는 경악하며 주변을 둘러보았다. 하지만 딱히 특별할 것도 없는 어두운 동굴일 뿐이었다. 훅스 씨는 가타부타 말도 없이 담배만 뻐끔거리며 피웠다.

그나저나 이 아저씨 아까부터 벌써 다섯 대는 피운 것 같은데. 도대체 하루에 담배를 몇 대나 피우는 거야.

나는 훅스 씨의 레벨을 살펴보았다.

### 훅스

Lv. 33 마스터 나이트

HP 1,480
MP 0

'더 강해졌네.'

다른 말로 하자면 괴물같이 강하다.

레벨이 전보다 2가 올랐다. 그 말은, 훅스 씨도 나와 헤어진 이후로 놀고 있진 않았다는 소리다. 고레벨에서 필요한 경험치가 더욱 많다는 걸 생각하면 엄청난 수련을 한 것이다.

철컹.

나는 이누타브 블레이드를 화룡의 검갑에 집어넣으며 자세를 다잡았다. 이왕 이렇게 된 이상 훅스 씨와 같이 다녀야 한다.

전후 사정을 설명하기로 했다.

"란체스터 군도에서 다른 사람들과 같이 대천문을 탔어요. 일단 발동은 시켰는데, 정신을 차려 보니 여기였죠. 다른 사람들은 어떻게 된 걸까요?"

담배 한 대를 발로 끄는 무성의한 대답이 돌아왔다.

"내가 아냐."

"……."

"그런 눈으로 바라보지 말게. 모르는 건 모르는 거니

까 헛소리를 할 수도 없잖나."

훅스 씨는 헛기침을 몇 번 했다. 아무래도 이 아저씨, 젊었을 때는 한 성격 했을 것 같은데… 점차 훅스 씨의 진짜 성격을 알아 가는 느낌이 든다.

"뭐 추측을 하자면— 적어도 죽진 않았을 것이다. 대천문은 신이 만든 가장 완벽한 이동 수단. 인간들의 초장거리 텔레포트처럼 시전 하는 도중에 몸이 분해되거나 하진 않아. 단지 3대 각인이 없으면 문제가 좀 있지. 대천문이 너무 오랜만에 발동한 바람에 다들 세계 각지로 뿔뿔이 흩어진 게 아닐까."

"3대 각인이라고?"

내 반문에 훅스 씨가 고개를 끄덕였다.

"보통 세상에는 마왕문(魔王紋, True Seal)이라고 알려진 것들이지. 셈의 갈가마귀 에란셰임, 헤세랄드의 백호 파프니르, 폴커의 승천룡 라그나로크. 이 세 가지는 하라빈타의 침략에 맞서서 각 왕국의 초대선조들이 발휘했던 권능이다. 마왕문은 초강력한 권능이기도 하지만, 우리 골든프릭스 용병단이 알아내기로는 대천문의 안정 장치이기도 하다."

"……"

이제야 잘 몰랐던 마왕문의 정체를 알 수 있었다. 셈, 헤세랄드, 폴커 왕국의 왕족들이 대대로 전승하는 힘. 거기에다가 대천문을 구동할 때 마력도 필요 없는 안전장치. 여러 모로 편리하고 강력한 힘이었다.

나는 벌써 승천룡 라그나로크를 제외하곤 모든 마왕문과 싸워 보았다. 싸워 본 바로는 둘 다 미친 듯이 강력했다. 레벨업으로 급속 성장을 한 나조차도 쉽게 따라갈 수 없을 정도라니.

왠지 세상은 불공평하다는 생각이 들었다. 나는 마음이 급해져서, 훅스 씨에게 마치 심문하듯이 연속해서 물었다.

"훅스 씨는 여기서 뭘 하고 있는 거죠?"

대답은 간단했다.

"별거 아냐. 원수 놈을 찾아야 되는데, 요즘 실전을 겪은 지 오래되어서 몸이 많이 굳었거든. 그래서 몸이나 풀어 보려고 이 던전에 찾아온 거다."

"…몸 풀기라고."

그리고 상식을 초월하고 있다.

분명 내가 기억하기로, 이 던전의 권장 레벨은 25~30이었다. 아무리 최종 상위직인 [마스터 나이트(Master Knight)]라곤 하지만, 이런 고레벨 던전을 단지 몸 풀기 용으로 돌고 있다니.

뭔가 현실감이 없어져서 머리를 긁적였다.

"그럼, 훅스 씨가 골든프릭스 용병단에서 제일 강한

건가요."

"응? 많이들 물어보던 흔해 빠진 질문이군. 그런 흔해 빠진 질문에 내 시간을 소모하며 일일이 대답해야겠나? 일단 담배 한 대 좀 피우고."

뻑뻑.

"……."

노골적으로 귀찮아 하는 느낌에 입이 떡 벌어졌다. 무예 실력도 뛰어나고 나름대로 쿨한 고수라고 생각하고 있었는데, 무슨 시중의 양아치 같다! 생각하던 이미지가 와르르 무너져 버리고 있었다.

이번엔 담배 연기로 튜브를 만들어 낸 훅스 씨가 천천히 내 말에 대답해 주었다.

"지금이라면 난 앞에서 4번째. 제일 강한 건 용병왕이고, 두 번째로 강한 건 키시노. 세 번째로 강한 건 아마릴카스 카르멘스일걸."

릴카스 카르멘스는 훅스 씨보다 강할 만하다. 소멸 마법을 만들어 낸 천재 마도사라면, 싸우기에 따라서는 훅스 씨보다 압도적일 것이다.

"키시노란 사람은 처음 들어 봅니다."

"뭐, 그거야… 그 녀석은 원래 트위스티드였으니까."

"네?"

뜻밖의 소리다. 트위스티드와 골든프릭스는 몇 년을

두고 싸워 온 앙숙인데, 골든프릭스의 2인자가 원래는 트위스티드 출신이라니!

훅스 씨가 쓴웃음을 지으며 말했다.

"뭐 그런 일이 있다. 우리가 싸울 때는 별별 일이 다 있었으니까. 이제는 질문만 받기도 그러니, 내가 질문을 좀 해도 될까?"

"네."

"너— 대체 그동안 어디서 뭘 했길래 그 정도로 강해진 거냐?"

훅스 씨는 자기가 말을 하고도 믿을 수 없는지 담배를 잠깐 입에서 뗐다. 그리고 다시 입에 물면서 날카로운 눈으로 말을 이었다.

"네 나이 때가 한창 성장기라지만 이건 심하잖아."

"……"

나는 복잡한 기분에 표정을 주체할 수 없었다. 동경의 대상이었던 훅스 씨가 나를 인정해 주고 있다. 하지만 동시에 그 은인에게 의심받고 있다는 감정이 내 머릿속을 뒤틀고 있었다.

나는 힘겹게 반문했다.

"어떻게 보는 것만으로 그걸 알 수 있죠?"

"보는 것만으로 아는 게 당연하지."

훅스 씨는 도리어 나를 힐난하듯 말했다. 그는 팔짱을

끼며 느릿하게 말을 이었다.

"검을 잡은 자세, 호흡법, 걷는 방법, 무게중심― 그 모든 게 초일류(超一流) 수준이야. 거기에다가 무시 못 할 정도의 마력도 느껴지고, 거기에 또 알 수 없는 힘이 하나 더 있나? 네가 J. S라는 걸 육안으로 확인하지 못 했다면 나는 끝까지 은신을 풀지 않고 기습했다. 그만큼 지금의 너는 강해졌다."

"하하하…."

나는 헛웃음을 흘렸다. 이건 확실히 그가 나를 인정해 준 것이다. 불쾌감이 씻은 듯이 사라지고 알 수 없는 희열이 느껴졌다.

지금까지 레벨업 하던 것은 헛고생이 아니었다.

나는 이제 주변 상황에 휘둘리지 않을 정도로 강해진 것이다! 그 사실이 너무나 기뻐서 웃음을 참을 수가 없었다.

"웃을 일은 아니다. 그 어떤 천재도… 그런 일은 불가능하다. 폴커 왕국 역사 이래 최고의 검술 천재라는 에서론 녀석도 네 경지에 오르는 데 2년이나 걸렸지. 마법 따윈 따로 익힐 생각도 못 했다."

"……."

훅스 씨의 눈이 날카로워졌다.

"너 설마, 내 앞에서 정체를 숨기고 있던 거였냐."

"그런 건 아닙니다."

기쁜 오해긴 하지만, 나는 손을 내저었다. 이런 데서 훅스 씨와 적이 되기는 싫다. 대신에 나는 화제를 돌리기로 했다.

"전 빨리 이곳에서 나가 봐야 합니다. 다른 동료들과 흩어졌으니, 우선은 이누타브를 만나 본 다음 각지의 대천문을 돌아다녀야 해요."

내 말에 훅스 씨는 약간 당황한 기색이었다. 설마 내가 그런 말을 할 줄 몰랐다는 듯 담배를 뻐끔거렸다. 입에 물고 있던 담배를 검지와 중지 사이에 끼운 훅스 씨가 잠깐 침묵했다.

"동방신 이누타브를 만나겠다고."

"네."

"그다지 좋은 생각은 아닌데 말이다. 아니, 다른 사람들은 미친 짓이라고 할 텐데."

"네?"

이건 또 무슨 소린가. 지금까지 만난 사람들—블라스팅, 카르르기—은 내가 이누타브를 꼭 만나야 된다는 식으로 말했다. 그리고 나도 나를 모험으로 이끈 목소리를 알아야 한다.

사실 봉인된 고대 신을 만난다는 게 쉽고 안전한 것은 아니다. 그 분노를 고스란히 살 수도 있다. 그래도 나름대로 각오를 한 채 모험을 해 온 것이다. 훅스 씨는 담뱃재를 툭툭 털며 말했다.

"이누타브는 사방신 중에서 가장 강하고 흉폭하다. 대전쟁 아사페트라는 이누타브와 탈마히라, 알기로스 동맹의 대결. 실질적으로 2대 1이었는데도 이누타브는 시종일관 전쟁을 압도했다. 하룻밤에 오십만 명의 엘프를 죽이기도 했던 이누타브가 그리 친절하게 대해 줄 것 같지는 않군."

"……."

머릿속으로 문득 페드라크와 이누타브의 대결이 스쳐 지나갔다. 엘프 로드 페드라크의 절규가 아직도 머릿속에서 잊혀지지 않는다. 이누타브는 엘프를 경멸하며 학살하기를 주저하지 않았다.

하룻밤에 오십만의 엘프를 죽였다는 것은, 페드라크에게 있어서는 직접 겪은 일이 아니었을까? 동시에 전신에서 소름이 쫙 끼쳐 올랐다.

'신의 힘은 대체 어느 정도인 거냐!'

페드라크의 힘을 보면 9클래스 마스터였다. 엘프 종족이 마법에 특히 뛰어나다는 것을 감안하면, 남은 엘프들도 7, 8클래스 대마법사들이 수두룩했을 것이다. 그런 엘프들이 무려 오십만이나 손도 못 쓰고 떼죽음을 당했다니!

아니, 아니다.

'어리석은 놈, 신에게 마법은 통하지 않는다!'

이누타브를 비롯한 사방신은 모두 9클래스 궁극 주문조차 통하지 않는 절대적인 마법 저항력이 있는 것이다. 마법으로는 결코 신을 쓰러뜨릴 수 없다. 그 사실을 깨닫자 공포감이 마음속에서 우레처럼 풀려 나왔다.

사상최강의 동방의 흉신(凶神) 이누타브와 마주했을 때, 그가 나의 죽음을 원한다면?

내가 대답을 하지 못하고 있을 때 훅스 씨가 담배를 손에서 튕기며 자리에서 일어났다. 그리고 특유의 정장 신사복의 매무새를 가다듬었다.

외알 안경을 손가락으로 올린 훅스 씨가 말했다.

"나도 자세히 알고 있는 건 아니다. 그저 용병왕 녀석은 틈이 날 때마다 입버릇처럼 이야기하곤 했지. 이 세상에서 신이 사라질 때, 진정한 자유가 찾아온다고."

"자유라고요?"

"잘은 모르겠다. 지금 생각해 보면 녀석은 우리와 뭔가가 달랐던 것 같다. 차라리 그건— 트위스티드의 대장인 라스트 원(Last One)과 비슷했던 것 같군."

"……."

용병왕은 대체 뭘 하던 사람일까. 지금까지는 막연히 모험자의 영웅으로 알고 있었다. 하지만 그는 뭔가 [다른 존재]였을 것 같다.

"그건 그렇고 던전 한 바퀴 돌 건데 따라올 거냐?"

마치 식후에 운동하러 가자는 듯 경쾌한 제안이 들려왔다. 투 핸디드 소드를 어깨에 걸치고 있는 훅스 씨의 등이 왠지 넓어 보였다. 그래서 고개를 끄덕였다.

"딱히 할 일도 없으니까요."

레벨업도 해야 한다.

그렇게 이누타브의 샘물, 강력한 마물들이 서식하는 봉인 던전의 탐험이 시작되었다.

처음으로 마주친 것은 웬 도마뱀 머리에 창을 들고 있는 칼잡이 떼거리였다. 누구나 한눈에 몬스터란 걸 알 수 있을 정도다. 숫자는 대략 20마리 정도였다.

취에엑—

### 다크 리자드맨

Lv. 12 리자드맨
Lv. 8 스피어맨
Lv. 4 어둠의 가호

"……."

"왜 그래? 여기 몬스터들은 이누타브의 봉인지를 수호하기 때문에 죽여도 되살아난다. 걱정 말고 해치워."

"그런 문제가 아니라."

나는 어이가 없어서 머리를 휘휘 저었다. 내가 그런 걸 신경 쓸 겨를은 없다. 어차피 적으로 만난 이상 죽고 죽이는 건 당연한 일이다.

문제는, 저놈들 하나하나의 HP가 600이 넘어가는데다 레벨도 높은 편이다. 막말로 저놈들 중 한 마리만 있어도 어지간한 도시의 경비병 10명을 충분히 상대할 정도였다.

정규 기사(Knight)급이다.

그런 놈들이 우리 주변을 빙빙 돌면서 훈련받은 듯이 포위진을 짜고 있다니! 중상급 기사 일개 소대와 싸우는 것과 다를 바가 없다.

"다른 몬스터들도 이렇게 강해요?"

"무슨 바보 같은 소리냐."

아까부터 투 핸디드 소드를 어깨에서 내릴 생각도 안 하고 담배만 뻑뻑 피고 있던 훅스 씨. 그는 당연히 아니라는 듯 어깨를 으쓱였다.

"여긴 대천문 근처라서 제일 약한 편이다. 봉인지 근처로 가면 이놈들보다 3배는 강한 놈들이 튀어나온다."

"…아하하."

쉬이익!

내가 허탈하게 웃고 있을 때 등 뒤에서 쐐기처럼 쏘아져 나온 장창이 내 심장을 노렸다. 역시 레벨이 높아서인지 속도와 기술이 상당한 수준이다. 나는 빠르게 그 공격을 감지했다.

한 손으로 장창의 날 아래를 쥐어 잡고 그대로 뺏어 들려 했지만, 놈은 그 순간 창을 놓고는 뒤로 물러서 버렸다. 예상하지 못한 유연한 대응이다.

그때 다른 놈들이 거의 동시에 나와 훅스 씨를 향해 창을 날렸다. 훅스 씨는 눈 깜짝할 사이에 점프해서 포위진을 벗어났고, 나는 이누타브 블레이드를 뽑아서 동시에 창을 쳐냈다.

까까깡.

[퀘엑?!]

장창의 날틀 부분만 싹 잘려 나가자 다크 리자드맨들은 당황했다. 보통은 피하거나 막아 내기도 벅찬 공격이기 때문이다. 하지만 동체 시력과 검술 실력이 급상승한 내 앞에서는 어린애 장난이다.

나는 검지와 약지 두 개를 모아서 쌍을 만들며 수인을 완성했다. 그리고 주문을 외쳤다.

"플라워 오브 거스트(Flower of Gust)!!"

6클래스 후반의 질풍 주문이 내 손끝에서 터져 나갔

다. 적을 섬멸하는 질풍의 맹화가 살의를 띠며 시공을 가르기 시작했다.

내게서 제일 가까이 있던 다크 리자드맨은 그 공격을 간파하지 못하고 꽃잎처럼 솟아오른 질풍의 칼날에 난도질당했다.

[퀘에엑!!]

워낙에 빠르고 강력한 칼날 주문이라 순식간에 모든 리자드맨들이 널브러지거나 시퍼런 핏줄기를 내뿜었다. 저 바깥에서 보고 있던 훅스 씨가 감탄성을 내었다.

"호오, 질풍 마법."

"쳇!"

하지만 나는 아쉬운 한숨을 토해 냈다. 방금 쓴 것은 제법 강력한 고위 주문이라서 구리 갑옷도 찢어발기는 위력이 있다. 그런데도 다크 리자드맨들 중에서 절반이 비척거리면서 자세를 잡기 시작한 것이다.

보통 병사들과는 비교할 수 없을 정도의 터프한 내구력이다. 약한 놈들이 이 정도라면, 이 던전에서 센 몬스터들은 어느 정도란 말인가?

"잘됐네. 한번 제대로 붙어 보자!!"

나는 크게 진각을 밟으며 전방으로 뛰쳐나갔다. 다크 리자드맨이 내게 창을 마주 찔러 왔다. 꼴에 전사 레벨이 높은지 약간 회전하는 경력(經力)을 창끝에 싣고 있었다.

그 순간, 내 안광이 빛처럼 허공을 흐르며 순간이동 하듯이 다크 리자드맨의 등 뒤로 이동했다. 놈은 시야에서 목표가 사라지자 당황한 듯 몸이 경직되었다. 그러나 이미 상황은 끝나 있다.

푸콰악!

다크 리자드맨의 전신에 다섯 번의 핏줄기가 솟구쳤다. 마지막 하나는 머리 정중앙에 두 번 꽂아 주었다. 나는 자세를 바로잡으며 중얼거렸다.

"진 · 육연참(True Chain Strike)."

템페스트 10레벨이 되면서 배운 새로운 기술이다. 짧은 거리를 초고속 이동하면서 상대의 방어를 뚫고 육연참을 꽂아 넣는 필살기!

한 놈이 쓰러졌음에도 남은 다크 리자드맨들은 동요 없이 연속해서 공격해 왔다. 훈련받은 병사들보다 더 투지가 강해 보였다. 나는 제대로 된 연습 상대를 만난 걸 깨닫고 기뻐졌다.

"하앗! 하하하!!"

나는 광소를 터뜨리며 이누타브 블레이드를 기교 없이 일직선으로 휘둘렀다. 내 힘이 워낙 강해서 풍압만으로도 다크 리자드맨들이 비틀거리며 물러났다.

퍼걱.

가볍게 세 마리를 박살 내듯이 후려치자 내 실력이 얼

이누타브의 샘물 163

마나 급증했는지를 알 수 있었다. 셴마이 항구에서 출발하기 전이었다면 이렇게 간단하게 이놈들을 쓰러뜨릴 수는 없었을 것이다. 도리어 상당히 버거웠을 것이다.

하지만 지금은 녀석들의 공격과 움직임이 모조리 예상된다. 이것이 초일류 검사의 경지인 것이다.

스카캭!!

[ 퀘에엑···. ]

마지막 리자드맨이 쓰러지자 나는 살짝 목을 주무르며 한숨을 돌렸다. 그때까지 끼어들지 않고 옆에서 보고 있던 훅스 씨가 말했다.

"2분 50초. 한 대도 안 맞았군. 중앙의 리자드맨 세 마리가 아래위로 찔러 왔을 때는 조금 위험했지만, 그럭저럭 훌륭한 레벨이다."

"마법을 안 썼으니까 오래 걸린 것뿐입니다."

내가 퉁명스럽게 반박했지만 훅스 씨가 씨익 웃었다.

"검술 실력만 본 것뿐이다. 정 그렇게 생각한다면 앞으로는 네가 할 수 있는 전력을 다해 봐라. 너는 너무 몸이 굳어 있어."

"굳어··· 있다고요?"

훅스 씨는 담배 한 대를 다시 태우며 말했다.

"투사(Fighter)의 역량은 실전에서 가장 예리하게 연마되는 법이지. 그래서 자신이 낼 수 있는 최고의 힘을 언제나 끌어낼 수 있게 된다. 하지만 너는, 급격하게 성장한 탓인지 네 힘을 효율적으로 쓰는 법을 잘 모르는군. 앞으로 싸워 가면서 차차 나아질 거다."

"그럴지도."

나는 머리를 긁적이며 인정했다. 확실히 레벨업을 거듭하면서 강해지긴 했지만 스킬을 제대로 동원하면서 싸운 적은 별로 없다. 기본 능력은 월등히 좋아졌지만 실전에 반영되려면 아직 수련이 필요한 것이다.

저벅.

우리는 말없이 걸었다. 실전 수련이라 체력을 아끼면 아낄수록 좋기 때문이다. 잡담이라도 하면 주의력이 떨어져서 위험에 처하는 것이다.

다음으로 만난 적은 민달팽이처럼 생긴 거대한 생물체였다. 문제는 등에 매달고 있는 껍데기에서 웬 나무줄기 같은 게 가득 뻗어 나와서 나아갈 길을 막고 있는 것이다.

놈 주변에는 새파란 가루가 아지랑이처럼 흐르고 있다. 이따금씩 전류가 튀기는 게 불안했다.

쿠우.

우리를 인식했는지 전신을 움찔거리고 있지만 딱히 공격을 해 오지 않고 있었다. 그래서 그리 강한 놈은 아니라고 생각하면서 레벨을 살펴보았다.

이누타브의 샘물 165

### 그리드 스네일러(수왕류)

Lv. 18 스네일러
Lv. 9 디바우러
Lv. 10 스펠 리액터

뜻밖에도 달팽이인데도 수왕류에 들어간다. 그런 것치고는 체력이 그리 많지 않은 편이었다. 그럭저럭 쉬운 상대라고 생각하며 이누타브 블레이드를 들었을 때였다. 훅스 씨가 강하게 경고해 왔다.

"조심해! 이놈은 이 동굴에서 세 번째로 강하다!"

"네?!"

깜짝 놀랐지만, 훅스 씨는 지금까지와는 다르게 전신에서 사나운 기세를 흘리며 그리드 스네일러를 경계하고 있었다.

그리드 스네일러의 전신에서 왠지 모를 푸른 가루가 움직이는 게 느껴졌지만, 훅스 씨의 살기 때문인지 함부로 다가오진 못하고 있었다. 훅스 씨가 으르렁거리듯이 설명해 주었다.

"처음에 골든프릭스가 이 던전에 왔을 때는 이놈들 다

섯 마리 때문에 전멸할 뻔했다. 네 필살기와 마법만 믿지 말고 적을 차분하게 관찰해!"

"알았어요."

그 정도로 위험한 놈이란 말인가?

나는 이누타브 블레이드를 거머쥐고 일단 방어 주문을 내 몸에 걸어 두기로 했다. 차분하게 시동어를 외우며 정신력을 칼날처럼 만든다.

"루나 플레이트."

은빛 쟁반이 몸을 둘러싸니 약간 안심이 되었다. 이 정도면 웬만한 공격은 쉽게 견뎌 내는 것이다. 하지만 훅스 씨가 깜짝 놀라며 외쳤다.

"이런! 안 돼!"

"네?"

쉬리리릭.

내가 미처 상황을 눈치채기도 전에 일은 벌어져 버렸다. 그리드 스네일러가 갑자기 눈을 번쩍 뜨면서 머리의 촉수를 강하게 흔들었다. 그러자 내 몸을 감싸고 있던 루나 플레이트가 갑자기 조각나더니 분해되어 버렸다!

"!!!!!!"

말 그대로 마나 입자가 되어 버린 내 방어 마법은 그대로 그리드 스네일러에게 빨려 들어갔다. 촉수 한가운데 마력을 모은 그리드 스네일러가 눈을 깜박였다.

쉬잉.

나는 엄청난 속도로 날아온 광탄을 피해 냈다. 어찌나 빠른지 공격이 온다는 걸 알았는데도 제법 아슬아슬하게 피해 냈다. 게다가 광탄이 내리꽂힌 자리는 끝이 보이지 않을 정도로 파여 있었다.

등줄기에서 식은땀이 쫙 흘렀다. 조금만 빗나갔어도 나는 죽은 목숨이었던 것이다. 훅스 씨가 빠르게 설명을 해 주었다.

"놈은 주변의 마력을 감지하면 그대로 흡수해서 7클래스의 레이저 광선을 내뿜는다. 직접 공격 주문도 마찬가지다."

"제길! 빨리 말을 해 줬어야죠!"

내가 항변했지만 훅스 씨는 아랑곳하지 않고 자기 할 말만 했다.

"저놈이 주변 땅에 가지줄기로 뿌리를 박고 있어서, 어설프게 근접 공격을 하면 촉수에 사로잡혀서 먹혀 버린다. 조심해서 상대해야 돼."

"더럽게 까다롭네요."

"더럽긴 하지. 레드 에이프(Red Ape)만큼은 아니지만."

그렇게 중얼거린 훅스 씨가 갑자기 예고도 없이 자신

의 투 핸디드 소드, 나이트메어를 횡으로 쭈욱 휘둘렀다. 나이트메어에 회흑색의 오오라가 맺히더니 빛의 속도로 튀어 나갔다.

꽈과광.

[ 끼에엑! ]

그리드 스네일러가 급히 마력을 모아서 방어막을 만들어 냈지만, 그 공격에 육중한 몸체가 5미터는 밀려났다. 필살기도 아니고 그냥 간단히 휘두른 것뿐인데도 저런 위력이라!

'지금이다!'

나는 혹스 씨가 기회를 만들어 주었다는 사실을 직감하고 재빨리 놈에게 뛰어들었다. 놈의 약점이 어딘지는 대충 짐작이 간다.

저 머리의 촉수 부분!

저쪽을 베어 내면 놈은 쉽사리 마법을 흡수할 수 없을 것이다. 나는 7미터나 되는 거리를 한 걸음으로 압축하며 전신의 힘을 끌어당기며 뛰어올랐다.

내가 공중에 떠오른 찰나의 순간에 그리드 스네일러의 습기 흐르는 몸체에서 쭈욱 하고 촉수 수십 개가 뻗어 나와 나를 노렸다. 둔하게 보이지만 반응속도는 역시 장난이 아니었다.

나는 눈을 예리하게 빛내며 능력을 발동했다.

이누타브의 샘물

홀리서클!

 성기사의 능력. 정확히 5초 동안 신성력과 마법을 제외한 모든 물리적 간섭을 무시하는 홀리서클! 촉수는 허공을 헛치고 말았다. 그리고 내 검은 허공에서 가속도를 붙이며 그리드 스네일러의 머리를 잘라 내었다.
 밑에서 훅스 씨가 탄성을 질렀다.
 "좋았어!"
 스칵!
 [ 삐유우우—!! ]
 고통인지 분노인지 모를 감정과 함께 그리드 스네일러가 괴성을 내질렀다. 점착질의 몸이 흐물거리면서 촉수가 튀어나왔다. 점차 달팽이라기보다는 둥근 고무공 같은 모습이 되어 가기 시작했다.
 내가 땅에 내려앉자 훅스 씨는 가타부타 말도 없이 연이어 달려들었다. 그만큼 그리드 스네일러는 성가신 상대라는 뜻이었다.

### 필살기(必殺技)

레벨 4
블러드 다이아몬드(Blood Diamond) 시전
생명 체크 개시!!

전과는 다른 기술이었다. 혹스 씨의 거대한 대검, 나이트메어가 허공에서 낭창낭창 휘면서 시뻘건 염옥을 만들어 내었다. 실제로는 검기가 허공에서 너무 빠르게 부딪혀서 붉게 보이는 것이었다.

이윽고 다이아몬드처럼 육각을 만들어 낸 검기 덩어리가 낙하하며 그리드 스네일러의 전신을 짓뭉갰다. 그리드 스네일러는 생명의 위협을 느꼈는지 마치 창날처럼 촉수 수백 개를 일제히 뻗어 내었다.

파가가각.

하지만 마치 톱이나 드릴로 안에서 훑어내듯, 그 모든 공격은 검기에 갈려 나가며 기쾌한 파격음을 흘렸다. 채 1초도 되지 않는 순간에 그리드 스네일러는 죽음을 느끼고는 좁쌀만 한 눈을 더욱 크게 떴다.

콰광!!

"으읍!"

나는 그리드 스네일러가 죽으면서 마력이 폭발한 것을 알아차렸다. 몸체 파편이 마치 화살처럼 튀면서 주변에 비산했다. 그것은 과히 기분 좋은 광경은 아니었다.

허공에서 공중제비를 세 바퀴 돌며 사뿐히 내려앉은 훅스 씨는 나를 쳐다보았다. 내가 꽤나 신기한 눈초리였다.

"네가 촉수 공격을 받을 때는 영락없이 죽는 줄 알았는데, 네가 썼던 그 기술은 대체 뭐냐?"

나는 블러드 다이아몬드의 화려함에 빠져 있다가, 질문을 듣고서야 정신을 차렸다. 기술이 정말 멋지긴 멋지다.

"물리 공격이 안 통하는 거요. 생각보다 짧은 시간이긴 하지만."

알았다는 듯 손을 내저은 훅스 씨는 다시 담배를 입에 물었다. 뭔가 해낸 것처럼 성취감이 뿌듯한 표정이었다.

"이거, 내가 혼자 잡기는 꽤 힘든 놈인데 쉽게 때려잡았군. 고맙다."

"그보다 아까 썼던 그 기술은 뭐예요? 나이트메어 슬래쉬 같지는 않던데."

훅스 씨는 무덤덤하게 대답하며 걸음을 옮겼다.

"블러드 다이아몬드. 스승님이 내게 전수해 준 양대절

기(兩大絶技)다. 원래 이름은 혈무옥(血武獄)이라고 하지."

"……."

순간 당황해 버렸다. 방금 훅스 씨의 입에서 나온 것은 유창한 동방어다. 아니 그보다 훅스 씨의 기술은 원래 동방의 것이란 건가?

훅스 씨는 무미건조한 목소리로 말했다.

"그런 건 지금 알 필요 없지. 그런 것보다 지금은…."

힐끔하고 우리 둘의 시선이 동시에 전후좌우를 훑었다. 방금 소리가 크게 울렸는지, 여기저기에서 몬스터들이 떼거지로 몰려오는 게 느껴졌다.

쿵. 쿵. 쿵.

크르르르.

이곳의 몬스터들은 청력에 민감한 것 같았다. 거기에 떼 지어서 공격하는 것도 마다하지 않았다. 다 몰려온 것 같지도 않은데 벌써 서른 마리가 육안으로 보였다.

"귀찮은 것들부터 처리하자."

"이게 다 시끄러운 기술을 썼기 때문이라고요."

"뭐야? 나이트메어 슬래쉬 같은 걸 쓰면 그리드 스네일러가 목숨을 부지하고 도망쳐 버린다고."

훅스 씨가 어이없다는 듯 말했지만 나는 왠지 억울한 느낌이 들어서 계속 깐죽거렸다. 전이라면 생각도 못했던

이누타브의 샘물 173

일이다.

"제가 썼으면 좀 더 조용했을걸요."

훅스 씨는 픽 헛웃음을 터뜨렸다.

"어이, 속셈 보인다, 임마."

빠악.

"커으."

괘씸하다고 생각했는지 훅스 씨가 내 뒤통수를 한 번 후려쳤다. 제법 매운맛이라 뒷머리를 감싸 안았다. 그리고 이어진 말에 그만 실실 웃고 말았다.

"배우고 싶다면 나중에 가르쳐 주마."

블러드 다이아몬드를 배운다! 그 사실에 가슴이 두근거리는 건 어쩔 수 없었다. 지금 나는 강해져 있긴 하지만 내 레벨대의 적에게 압도적이라고 할 만한 필살기가 없다. 그러던 중에 훅스 씨의 필살기를 본 것이다.

나는 그 사실에 경도되어 전방에 덮쳐 오는 오크라이더 셋을 한 번에 베어 버리며 전장으로 뛰어들었다. 제법 많긴 하지만 이 정도는 문제도 아니다!

"하압!"

[ 크오오오. ]

연속해서 외눈거인이나 좀비 같은 게 덤벼들기 시작한다. 나는 지금까지 익혔던 마법사, 검사, 성기사의 힘을 몽땅 동원해서 그 아비규환의 수라장을 헤쳐 나간다.

하나같이 최소한 레벨 20은 넘는 것들이다.

체력도 500이 넘는다.

얌전히 맞아 주는 놈들도 아니라서, 처음에 마주치자 일이격은 허공을 칠 수밖에 없었다. 오크라이더들은 뛰어난 기마술을 이용해서 의외로 쉽게 내 공격을 피해 나갔다.

"큭."

외눈거인, 사이클롭스의 곤봉을 피하며 오크라이더의 시미터가 내 목을 베어 왔다. 그사이에 홀리서클을 시전하면서 다시 적들을 베어 넘겼다.

물론 이놈들은 강하다.

하지만 나는 더 강하다!

"조심해! 마법사다!"

한쪽에서 드글거리는 몬스터들과 싸우고 있던 혹스 씨가 내게 경고했다. 그 말대로 끓어오르던 마력을 느끼던 내 눈에 웬 해골바가지가 하나 눈에 띄었다.

"…리치!!"

나는 내 입으로 말하면서도 믿을 수 없었다.

### 리치(Lich)

Lv. 24 리치

Lv. 12 데스위저드
Lv. 7 어둠의 수호자
Lv. 8 언데드

 붉고 어스름한 기운이 로브를 뒤집어쓴 새하얀 해골에게서 뿜어져 나왔다. 제법 떨어진 거리에서도 찬 물을 끼얹은 것처럼 느껴지는 어둠의 영기가 대단했다. 단지 서 있을 뿐인데 마력이 주변의 몬스터를 물러나게 할 정도라니!
 이 세상의 그 누구도 길들일 수 없는 몬스터이자, 강대한 존재는 드래곤과 맞설 수 있다는 궁극의 언데드(Undead), 리치를 내 눈으로 보게 되자 숨이 막힐 것 같았다.
 "말도 안 돼."
 아무리 대단한 던전이라지만 리치 같은 게 벌써 튀어나오다니 불합리하다는 생각도 들었다. 미친 듯이 주변의 몬스터들과 검을 나누고 있는 동안 리치가 조롱 섞인 텔레파시를 내게 보내 왔다.
 ─필멸자여, 그대는 죽음을 아는가? 나 사선의 대리자, 너에게 오늘 죽음의 실체를 가르쳐 주겠다.
 쿠구구궁.

리치의 앙상 마른 뼈 앞으로 빠르게 주문진이 모였다. 허공에서 마법진을 만들어 낼 수 있을 정도로 고위 마법사인 것이다. 아무리 못해도 7클래스는 되어 보였다.

막 개처럼 생긴 헬바운드 한 마리를 베어 내던 나는 그 정체를 깨닫고 얼굴이 약간 굳어졌다. 저 주문은 너무 강력해서 모를 수가 없다.

리치의 해골 입이 따각거리며 움직인다.

[헬 파이어(Hell Fire).]

헬 파이어!

8클래스 최강의 주문이라고 알려진 라이트닝 프롬 더 헤븐보다는 떨어지지만, 대인 공격력만으로는 도리어 더 강력하다는 화염 주문이다. 마력도 더 많이 들어가기 때문에, 대륙 전체를 통틀어도 헬 파이어를 시전할 수 있는 마도사는 채 열 명도 되지 않았다.

헬 파이어 노심의 온도는 약 칠십만 도. 용암의 온도 따위와는 비교할 수 없다. 같은 8클래스 이상의 방어 주문이 아니면 어떠한 금속이나 생명체도 헬 파이어를 당해 낼 순 없는 것이다.

9클래스 궁극 마도사들의 결전에나 사용된다는 주문을 이런 오지의 던전에서 보게 될 줄이야! 나는 큰일 났다고 생각하며 재빨리 블링크를 시전했다.

쉬쉿.

이누타브의 샘물 177

몬스터들과 다투다 말고 리치의 코앞에 나타나자 리치는 곧장 손을 뻗었다. 내가 한 치의 오차도 없이 내려친 강격(强擊)은 리치가 만들어 낸 포스필드(Force Field)에 잠시 가로막혔다.

리치가 이죽거렸다.

[이 주문은 맞추기가 힘든 게 단점인데 바로 앞까지 와 주었… 뭐, 뭐냐?!]

쾅. 쾨앙.

리치는 말을 하다 말고 경악했다. 내가 한 번으로 안 되자, 두세 번이나 연속으로 강격을 내려쳤기 때문이다. 포스필드는 공성병기도 막아 내는 상급 방어 주문이라서 원래 검격 따위로는 뚫을 수 없다.

쩌저적.

그러나 지금 포스필드는 내 연속 공격에 산산이 깨어지고 있는 것이다! 리치는 당황해서 연속으로 파이어 실드를 소환했지만, 그 방어막도 내가 검을 내려칠 때마다 더 쉽게 부서져 버렸다.

[이, 이런 일이!! 도대체 네놈의 힘이 얼마나 되기에 포스필드를 부순단….]

"내 힘?"

나는 광폭하게 웃으며, 있는 힘을 다해서 이누타브 블레이드를 횡으로 휘둘렀다. 마치 허공에 빛의 참격이 후려치며 대지를 양단하는 것 같았다.

"세계제일이다!!"

콰과과과광.

[ 크아아아악…!! ]

리치는 비명 소리를 내며 전신의 해골이 터져 나갔다. 리치의 몸뚱아리도 강철만큼 단단하지만, 내가 전력을 다해서 치면 수수깡에 지나지 않는 것이다. 헬 파이어는 70% 완성되어 있다가 허공에서 사라져 버렸다.

[ 키힉! ]

[ 괴물! ]

그 광경을 바라보던 몬스터들이 주춤거리면서 뒤로 물러났다. 훅스 씨의 오러 블레이드 같은 것은 너무 수준이 높아서 그들이 실감할 수 없는 반면, 내 압도적인 힘은 놈들에게 공포로 각인된 모양이었다.

거기에 리치가 쓰러져 버렸으니 싸워 봤자 죽음이란 것을 깨달았는지도 모른다. 몬스터들은 몰려오다 말고 주춤거리며 일제히 퇴각했다.

그런데 사람보고 괴물이라니, 이것들이.

우르르르.

장내에는 몬스터들의 시체 이십여 구를 남긴 채 모두 도망쳐 버렸다. 나는 상당히 체력이 소모된 상태라서 한숨을 내쉬면서 그 자리에 주저앉았다.

"에휴. 한숨 돌리겠네."

훅스 씨는 나를 신기한 눈으로 바라보았다.

"무슨 힘이 그렇게 세. 내가 살아오면서 포스필드를 검기도 없이 부숴 버리는 놈은 네가 처음이다."

"전사의 기본은 힘이잖아요."

나는 앉은 자리에서 주먹을 꾸욱 쥐었다.

"영웅모험전에서 여리여리한 것들이 우락부락한 전사를 쓰러뜨리는 게 이해가 안 되어서, 일단 힘부터 키우자고 생각한 겁니다."

"너도 그리 근육질은 아니다."

훅스 씨가 날카롭게 쏘아 왔지만 나는 회피하면서 벌렁 드러누워 버렸다. 오늘 하루 종일 정신없이 뛰어다닌다고 꽤나 피곤하게 느껴졌다.

그리고 누운 자리에서 생각했다.

'역시 블레이드 마스터리가 좋겠어.'

지금까지 망설여 왔지만 이제 결정해야겠다.

마검사의 극한인 더블어택 모드를 사용하면 당장 눈에 보이는 전투력은 향상된다. 하지만 이렇다 할 만한 한 방이 없다. 그러느니 차라리 블레이드 마스터리를 올려서 싸움에서 강해지는 게 나아 보였다.

어차피 템페스트 능력을 계속 올리다 보면 더블어택 모드 같은 걸 얻을 기회는 많을 것이다. 그런 생각에 씨익 웃으면서 중얼거렸다.
"블레이드 마스터리, 레벨업."

[블레이드 마스터리(패시브)를 익혔습니다!]
[소유자는 검술 관련 스킬의 치명타 확률이 30%로 고정됩니다. 추가확률은 계속 붙습니다. 또한 연속 공격 성공 시 데미지 증폭률이 1.2배 상승합니다.]
[키워드 검기(劍氣)를 완료했습니다. 다음 상위직부터 자동으로 검기를 배울 수 있게 되었습니다.]

이 힘든 싸움도 성과가 없는 건 아니다.
우리는 잠깐 쉰 다음, 계속해서 던전을 돌아다니면서 몬스터들과 싸웠다. 여기저기에서 출몰하던 몬스터들은 내가 막연히 책을 보며 상상하던 것과 매우 달랐다.
오크는 약하고 어리석은 몬스터라는 건 사실이 아니다. 미이라, 좀비가 십자가를 두려워한다는 것도 뻥이다. 내가 지금까지 몬스터들의 약점이라고 생각하던 것들은 하나같이 미신에 불과하다는 걸 깨달았다.
오크들은 집단 전투에 매우 익숙하며 완력도 인간전사보다 훨씬 강력한, 전투의 귀재들이었다. 그야말로 전사가 되기 위해 태어난 종족 같았다.

[ 꾸에에엑. ]

나는 오크 서른두 마리째를 베어 내며 훅스 씨에게 물었다. 도무지 이 상황을 이해할 수가 없기 때문이다.

"왜 내가 알고 있던 것과 맞는 게 하나도 없죠?"

"그 질문, 할 거라고 생각했다."

치지직.

훅스 씨는 담뱃재를 오크 시체 위에 올리고 밟으며 씁쓸한 표정을 지웠다. 아니, 근데 이 양반 던전 들어와서 대체 몇 대째 피우는 거야.

"세상이 알고 있는 몬스터는 군주를 잃고 약해진 오합지졸이다. 성왕이 몬스터 로드들을 모조리 없애 버린 바람에, 이런 봉인 던전을 제외한 일반 몬스터들이 약해진 것이지. 하라바인 제국의 몬스터 병단은 강한 놈들이다. 그쪽은 마법 연구를 통해서 약점을 보강하고 고대의 피를 섞은 잡종을 만들어 냈으니까 강할 수밖에 없다."

"왠지 자세히 알고 계신데요."

"난 원래 폴커의 제1군단을 이끌던 사령관이었으니까 몬스터 병단과도 직접 부딪혔다. 그리고 잘못 알고 있던 것 때문에 크게 낭패를 봤어."

"아."

원래는 폴커 대왕국의 대장군이었던 사람. 거기에 십

대검호 중 하나라는 사실이 새삼 떠올랐다. 그런데 담배는 왜 이렇게 좋아하는 거지? 아까부터 핀 개수가 겨우 2시간 만에 50개를 폈단 말이다.

그래서 나는 다소 엉뚱한 질문을 했다.

"담배를 왜 그렇게 좋아하세요?"

"허어? 자네 무슨 소리를 하는 건가."

그 말에 훅스 씨는 세상에서 제일 바보 같은 말을 들은 것 같은 표정을 지었다. 그러고는 재차 한 대를 피면서 대답했다.

"그럼 이 세상에서 담배 말고 뭘 좋아하는데?"

"……."

아, 그러십니까.

내 생각이 잘못되었다. 훅스 씨도 정상인은 아니었던 것이다. 블라스팅에 맞먹을 정도로 성격이 이상해! 이건 담배 중독 정도가 아니라 담배 폐인이잖아!!

설마 골든프릭스 용병단은 다들 성격이 한 군데씩 고장 나 있는 걸까. 불길한 예감이 들었지만, 설마 다 그런 건 아닐 거라고 생각하며 마음속을 위로했다.

훅스 씨가 키득거리며 웃었다.

"표정 좀 감춰라. 다 읽힌다, 임마."

"아니…."

푸우—

이누타브의 샘물 183

전에 없이 담배 연기를 거세게 불어낸 훅스 씨는 동굴 벽에 걸터앉으며 핏기 없는 얼굴로 허공을 바라보았다. 알 수 없는 허무감이 드리워져 있었다.

"담배는 그때부터 피웠지. 공주가 죽었을 때부터. 그런데 내가 담배를 피우는 게 공주를 애도하기 위해서인가? 공주가 죽은 것을 슬퍼해서인가? 그냥 담배가 피고 싶어서? 이젠 그것조차도 잘 모르겠군."

"……."

공주? 무슨 말일까.

훅스 씨의 생각을 읽어 보고 싶지만 애써 참았다. 훅스 씨는 내 마인드 리딩을 자동으로 막는 방어벽이 있다. 저번에 이미 또 그러면 죽인다고 엄포를 놓은 것이다. 훅스 씨는 내 반응은 아랑곳하지 않고 혼잣말을 계속했다.

"태어나서 딱 한 번 담배를 끊고 싶을 때가 있었지. 언제나와 같이 잠을 자다가 일어났는데, 정신이 말짱해지면서 갑자기 신의 계시 같은 게 느껴지는 거야. 담배를 피우면 안 된다고. 뭐 그래서 한 달 정도는 끊어 봤는데 결국 못 끊었어. 아직도 나는 담배를 피고 있지. 하루에 다섯 갑 정도 피고 있어."

훅스 씨는 자조적으로 웃었다.

"웃긴 일이지. 직접 신과 대면하기도 한 인간이, 막상 만나고서는 못 믿었는데. 바로 그때 절대적인 신이 있다고 믿어 버렸다."

"신은 있잖아요. 사방신."

"그건 정말 신일까?"

"……."

훅스 씨의 반문에 나는 어떤 말을 해야 할지 갈피를 잡지 못했다. 그가 무슨 말을 하고 싶은 건지 감이 잡히지 않았다.

"그자들은 필멸자와는 비교할 수 없는 위대한 힘이 있지. 하지만 감정도 있고, 그것을 완벽히 제어할 수도 없어. 심지어 자신보다 더 강한 존재 앞에 휘둘리는 나약함도 있다. 내 생각으로 사방신은 단지 [엄청나게 강력한 존재]일 뿐이야. 내가 말하는 것은 그런 힘을 초월한, 그래 역사(歷史)에 가까운 것. 인간의 상상을 훨씬 뛰어넘는 무언가를 바로 그때 느꼈다는 것이다."

나는 그 말의 울림을 내 머릿속으로 되새겼다. 확실히 그건 내가 모험을 시작하고 나서 가끔 생각했던 일이다. 사방신으로 불리는 위대한 존재지만, 나는 모험을 시작하기 전에는 있는지도 몰랐다.

반면에 살아오면서 신에게 무언가를 바라며 기적을 구한 적은 있었다. 그 대상이 이누타브나 탈마히라는 아니었다고 생각한다.

약간 무거운 주제로 흘러가는 것 같다. 나는 일단 분위기를 바꾸기 위해서 말을 꺼냈다.

"전 이 샘물의 동쪽으로 가 봐야 해요. 지금까지는 수련할 겸 돌아다녔는데, 혹시 길을 알고 있으십니까?"

"여긴 이누타브의 샘물의 서쪽이야."

훅스 씨는 여상한 눈빛으로 허공을 바라보았다.

"이 던전 위에는 이누타브를 모시는 노움 신관들이 살고 있고, 던전의 정중앙에 이누타브가 봉인된 샘물이 있다. 네가 말하는 건 거기서 더욱 동쪽⋯ 우리 골든프릭스도 가 본 적이 없는 곳이다."

"네? 이 던전을 모두 돌아다닌 게 아닌가요."

내 질문에 훅스 씨는 아니라는 듯한 눈빛을 했다. 이 동굴에 대해 잘 안다고 생각했지만 딱히 그렇진 않은 것이다.

"우리가 왔던 목적은, 블라스팅의 부탁으로 지하 던전에 우글거리는 몬스터들을 일소하려는 거였지. 보스 몬스터인 스켈레톤 드래곤을 없앨 때도 샘물까지만 가 봤다."

"스켈레톤 드래곤!"

스켈레톤 드래곤은, 사악한 네크로맨서가 죽은 지 얼마 안 된 드래곤을 언데드로 되살려내는 최고위 주법(呪法)이다. 그렇게 되살아난 스켈레톤 드래곤은 근접 싸움에서는 드래곤도 이길 수 있다고 한다. 그런 괴물을 잡아 족치다니 역시 골든프릭스 용병단은 대단하다.

그건 그렇다 치고 용병단도 샘물 동쪽까지는 가 본 적 없다니 의외다. 내가 고민에 빠진 표정을 짓자 훅스 씨가 자리에서 일어서며 말했다.

"…동쪽은 여기보다 더 강한 놈들이 우글거릴 거다. 이유는 모르겠지만, 우리는 그곳에 무언가가 감춰져 있다고 결론을 내렸다. 그때는 모험 초기라서 여력이 없어서 가 보지 못했다만."

"으음."

생각 외로 난관이다. 아무리 모험 초기라지만, 스켈레톤 드래곤을 쓰러뜨린 골든프릭스들이 가 볼 엄두를 내지 못했다니! 나는 빠르게 생각을 마치고는 훅스 씨에게 당당하게 말했다.

"같이 가 주십쇼. 전 무슨 일이 있어도 거기에 가야 하니까요."

"아까 쓰러뜨린 그리드 스네일러 같은 괴물들이 우글거릴 텐데도? 지금 네 실력으로는 혼자 만나면 정말 힘들 것이다."

한 마리 쓰러뜨리는 것은 어떻게든 할 수 있다. 문제는 체력과 기력이 다 떨어졌을 때, 진퇴양난일 때다. 그때는 꼼짝 못하고 몬스터의 한 끼 식사가 되어 버릴지도 모른다.

나는 말하지 않고 훅스 씨를 똑바로 쳐다보았다. 훅스

씨는 내 시선을 피하지 않았다. 그 눈빛 속에는 세월을 알 수 없는 강대한 힘이 잠들어 있었다.

한참 동안 침묵이 흐르고서야 훅스 씨가 말했다.

"어차피 나도 아직 수련이 필요한 몸. 이 기회에 한계까지 도전하는 것도 나쁘지는 않겠군."

"네!"

나는 환하게 웃었다. 대륙 십대검호가 같이 가 준다면, 상대가 누구든지 간에 그리 두렵지는 않다. 훅스 씨는 한번 훗 하고 웃고는 쑥스러운지 먼저 걸음을 옮겼다.

저벅.

저벅.

점차 발소리만 들릴 지경이 되었다. 체력 회복을 위해서 옆 주머니에 차고 있던 육포를 질겅질겅 씹어 먹는 소리도 크게 들렸다.

"이젠 몬스터가 안 나타나는 것 같은데요."

"설마. 하도 수준 차이가 나니까 살아남은 놈들은 기습을 노리고 있을 뿐이다. 방심하면 독이나 마비에 당하니까 주의해라."

"거기!"

나는 경호성을 터뜨리며 쏜살같이 날듯이 달려가 웬 고양이처럼 생긴 괴물의 면전으로 쇄도했다. 고양이 괴물은 깜짝 놀라더니 장검처럼 길다란 손톱을 휘둘렀지만,

나는 쉽사리 피해 내며 정수리를 갈라 버렸다.

쩌적.

놈의 손에는 길다란 대롱 같은 게 들려 있었다. 아마 독침 같은 걸 발사하려고 했던 모양이다. 이런 식으로 나오는 게 더 상대하기 까다롭다.

"잘하는걸."

훅스 씨는 이런 경험이 많이 있었던지, 수월하게 잠복해 있던 몬스터들을 처리하고 있었다. 나도 암습자의 기척을 느껴서 빠르게 기습을 피해 냈다.

[은신간파 스킬이 상승했습니다!]

['먹이를 노리는 매의 눈' 타이틀을 얻었습니다! 잠입자의 공격력을 낮추고 자신의 방어력을 높일 수 있습니다. 이 타이틀을 유지하는 동안에 민첩(Dex)이 3 상승합니다.]

좋은 타이틀이지만 지금은 쓸 데가 없네.

나는 일단 은신간파 스킬을 계속 상승시키면서도, 타이틀은 봉인시켜 두기로 했다. 다음에 또 쓸 때가 있을 것 같다.

그렇게 한참을 걷자, 마침내 어슴푸레한 불빛만 있던 던전이 밝아지기 시작했다. 환하고 거대한 공동이 눈에 보였다.

'마나가….'

엄청난 속도로 마력이 채워지고 있다. 템페스트의 특성 덕분에 마력을 덜 쓰긴 했지만, 지금까지 소모한 마력도 상당히 많다. 그런데 이 공동에 발을 들이밀자마자 벌써 반절은 회복되는 느낌이었다.

이곳에 몬스터는 전혀 없었다. 대신에 크렌도스 성의 연병장처럼 넓은 공동의 한가운데에는 은은한 빛이 흐르는 개천 같은 게 있었다. 특이하게도 물 대신 빛이 물결처럼 변해서 흐르고 있다.

"저게!!"

"이누타브의 샘물이다."

나는 내 눈으로 이누타브의 샘물을 확인하자 어이없을 정도로 침착해졌다. 감동이나 눈물이 폭풍처럼 밀려올 것 같았는데 뜻밖이다. 신비로운 광경이긴 하지만 거기에 빠져들 만한 감수성이 사그라들었기 때문이다.

내가 설명을 바라는 눈으로 바라보았지만, 훅스 씨는 무시해 버렸다. 귀찮은지 담배 한 대를 꺼내서 뻑뻑 피우기 시작했다. 아무리 훅스 씨라도 던전 돌파는 제법 스트레스 받는 일이다.

"……"

아무튼 이곳에— 동방신 이누타브가 봉인되어 있다.

엘프를 멸망시킨 자. 전 세계를 두고 패권을 다툰 자. 그리고 인간만을 위해서 활동하는 강대한 신. 또한 내가 들고 있는 이누타브 블레이드의 진짜 주인.

그런 생각이 들어서 약간 만감이 교차하는 표정을 지었다. 이제 한 발짝만 더 내디디면 내가 모험을 시작했던 이유를 알 수 있는 것이다. 그때가 되면 나는 어떤 미래를 맞이하게 될까?

그때였다.

"이런. 역시나 행차하셨군."

들어 본 적이 있는 목소리. 혹스 씨는 이미 그가 와 있던 것을 알고 있었는지 놀라지 않았다. 하지만 이번에도 혹스 씨와 마찬가지로 내 청력으로 감지할 수 없었다.

슈우웃.

내가 놀라서 아무도 없던 이누타브의 샘물 앞을 바라보았을 때였다. 공간이 일그러지면서 빛이 터져 나오고, 익숙한 스탯창이 떠올랐다. 그는 빛을 조작해서 완벽하게 투명하게 변해 있었던 것이다.

### 블라스팅 더 노움
이누타브의 성직자 Lv. 16
마법사 Lv. 16
배반의 선율 Lv. 9
발명가 Lv. 30
만물박사 Lv. 12

대장인 Lv. 14
고대 종족 Lv. 10

"블라스팅!!"

나타난 것은 이누타브의 신관이자, 골든프릭스 용병단의 일원인 블라스팅이었다. 그는 전과 같이 단정한 이목구비에 파란 머리칼을 하고 있었다. 노움이라서 키가 작은 것도 같다.

단지 묘하게 레벨이 전체적으로 올라 있다. 우리 앞을 가로막은 블라스팅은 복잡 미묘한 눈으로 나를 바라보았다. 그 눈빛에는 의미 모를 살기마저 담겨 있었다.

"J. S. 너는 결국 여기까지 왔군!"

"무슨 말이지?"

여전히 사나운 눈빛을 한 블라스팅은 어깨를 으쓱했다. 자세히 보면 눈빛 한가운데 적황빛이 감돌고 있다.

"정말이지 내 생각대로 움직여 주는 법이 없어. 꼬맹이가 귀여운 맛이 없단 말이야. 그냥 동방까지 갔으면 일이 편하게 진행되었을 텐데 네 멋대로 움직여?"

"……."

어쩐지 어조가 이상하다. 단순히 투덜거림이 아니라 책망에 가깝다. 어째서 지금 이 장소에 있냐는 듯한 질책 같다. 그 기색을 읽었는지 훅스 씨가 담담하게 블라스팅에게 말했다.

"대천문이 발동된 건 알고 있겠지. 이 친구는 아마 란체스터 군도에서 모든 봉인을 풀어 버린 것 같네."

"알고 있어, 훅스. 그 덕분에 나도 부랴부랴 여기까지 달려온다고 혼났어. 이동의 플루 가루를 몇 개나 썼는지 모르겠다. 도시 하나쯤 살 정도 써 버린 것 같은데, 쳇!"

"……."

훅스 씨는 입을 다물었다. 그도 블라스팅의 진짜 의도를 파악하지 못하는 것 같다. 나는 급히 블라스팅의 마음을 읽으려 했다.

[마인드 리딩 시젠]
[상대 '옵티머스 쉘(Optimus Shell)'로 정신 보호 중!
320초 동안 어떠한 정신 공격도 통하지 않습니다.]
[마인드 리딩 실패.]

읽히지 않는다? 그러고 보니 대발명가라서 자기가 개발한 마법도구를 이용해서 내 독심 능력 정도는 방어할 수 있을 것이다.

이누타브의 샘물 193

블라스팅은 천천히 나를 훑어보더니 말했다. 아까 훅스 씨에게서도 들은 질문이다. 그리고 약간의 조롱기도 들어 있다.

"어이, 퀘른의 소년 영웅! 대천문을 열어 버리다니, 대체 넌 뭐하는 녀석인 거냐?"

"무슨 말을 하는 건지 모르겠군. 난 그냥 크렌도스 성의 경비병인 J. S였는데, 그것도 모르는 겁니까."

"큭큭큭큭."

내 대답에 소리 죽여 웃던 블라스팅은 별안간 날카롭게 소리쳤다. 실전에 잔뼈가 굵은 훅스 씨도 흠칫할 정도의 기세였다.

"웃기지 마!! 대천문을 열었다는 게 무슨 뜻인지 네가 알고 있냐?! 세계대전까지는 채 1년도 남지 않았다는 거다!!"

"뭐?"

세계대전이라고?!

"그게 무슨 소리냐, 블라스팅."

훅스 씨도 그 말에는 놀라서 블라스팅에게 반문했다. 잠시 자신의 감정을 다스리던 블라스팅은 여전히 살기를 숨기지 않은 채 퉁명스럽게 대답했다.

"들은 그대로일세, 훅스. 대천문이 열려 버린 이상 세계는 엉망이 되어 버릴 거야. 지금까지 숨죽이고 있던 어둠의 세력들이 동시에 세상에 나와 버릴 걸세."

"그러니까 어째서 대천문 발동이 그런 뜻인지를 내게 설명해 줘야 될 것 아닌가."

"어떤 뜻이냐고…."

잠시 어이없어하던 블라스팅은 자신의 머리를 짚었다. 그러고는 나를 노려보며 말했다.

"대천문은 선악은 물론 종족도 가리지 않아. 9클래스급 마력만 있으면 그 누구에게도 길을 열어 주지. 즉 대천문을 이용할 수 있는 건 우리만이 아니라는 걸세."

"그 말은."

듣고 있던 나는 불길한 느낌이 들었다.

"그래. 남방신 탈마히라의 휘하 세력과 북방신 알기로스의 세력… 그들은 이미 대천문의 발동을 감지했을 것이다. 그리고 각지의 대천문을 확보하기 위해 움직이고 있지."

남방신 탈마히라와 북방신 알기로스! 그들의 세력이 지하에서 활동하고 있다는 건 이미 알고 있다. 블라스팅은 자신이 말하고도 성이 나는지, 급기야는 한숨을 크게 내쉬며 외쳤다.

"지금 세상에서 대천문을 자유자재로 돌아다닐 수 있으면 세계정복도 꿈이 아냐!! 고대보다 마법 수준 자체는 더욱 발전했으니까! 대천문 사이사이에는 정거장이 되는 소대천문도 여러 개 있으니까 원하는 대로 옮겨 다니면 된다고!! 만일 각성한 신의 사도가 대천문을 통해서 여기로 쳐들어오면? 용병왕이 없는 이상 누구도 그들을 막을 순 없단 말이다!!"

시스테마인을 말하는 거군. 그놈은 드래곤이니까 대천문을 자유롭게 이용할 수 있을 거다.

"……."

나는 그의 말을 끝까지 다 들었다. 구구절절 다 옳은 말이고 맞는 말이다. 하지만 그의 말이 딱히 심각하게 생각되진 않는다.

그래서 툭하고 말해 버리고 말았다.

"그래서요?"

"뭐라고?"

"그래서 저보고 어쩌라고요. 알고 그런 것도 아닌데, 이런 데서 나한테 징징거리면 뭐가 해결됩니까?"

"……."

블라스팅은 물론 옆에서 보고 있던 훅스 씨까지 말문이 막혀 버렸다. 이게 싸가지 없는 행동이란 건 알고 있지만, 나는 언제나 내 감정에 솔직하게 대할 뿐이다. 나는 신경질적으로 말을 이었다.

"그런 게 아니라면 그 자리에서 비켜요. 난 샘물의 동쪽으로 가야 되니까."

그 말에 다시 한 번 블라스팅이 당황했다.

"뭐…? 너는 이누타브를 부활시켜서 힘을 얻으려고 하던 게 아니었나. 이누타브가 부활하면 너는 곧바로 반신이 될 텐데."

반신이 된다고? 그런 것도 있나. 그래도 나하고 상관은 없다.

"그런 건 몰라요."

정말 그런 건 모른다. 알아도 관심이 없다. 반신이니 뭐니 해도 내게는 현실감 없는 소리일 뿐이다. 나는 좌중을 둘러보면서 담담하게 말했다.

"내가 모험을 계속하게끔 한 목소리가 거기 있습니다. 나는 그게 누군지부터 알아야, 앞으로 남아 있는 여행을 계속할 수가 있어요. 그래서 여기에 온 겁니다."

"……"

기묘한 침묵이 감돌았다.

[이모션 체킹Emotion Checking 상대가 안정(Calm) 상태가 되었습니다.]

블라스팅은 감정의 앙금을 추스르려고 노력하고 있었다. 아마 그가 이곳으로 달려온 목적은, 내가 이누타브를 부활시키려는 것으로 오해하고 나를 막으려는 것이다. 하지만 지금은 내가 이누타브에게 관심이 없으니 싸울 이유도 없다.

이누타브의 샘물 197

'응?'

순간 이상하다는 생각이 들었다.

이누타브의 신관이라면, 이누타브가 깨어나는 것은 환영할 일이다. 그것도 다른 신들의 사도가 강해지는 지금 상황이라면 더더욱. 설령 깨어난 이누타브가 난폭하게 군다고 해도 결과적으로는 유리해지는 것이다.

그 이상함을 깨닫기도 전에 블라스팅이 말했다.

"샘물의 동쪽은 역사 이래 아무도 가 본 적 없다. 수호하는 몬스터들이 강하기도 하지만, 우리 신관들로서는 샘물만 확보하면 되니까."

"그래서요?"

"가려면 가라, 소년. 네가 이누타브를 부활시키려는 게 아니라면, 나는 더 이상 너와 이야기할 이유가 없어."

블라스팅은 한숨 돌렸다는 듯 샘물 앞에 털썩 걸터앉았다. 그는 진심으로 별일 없이 넘어갔다는 사실이 기쁜 모양이다. 훅스 씨는 잠깐 블라스팅을 바라보더니 고개를 돌렸다.

하지만 나는 이렇게 넘어갈 수 없다.

"잠깐만요."

"왜 또 불러."

블라스팅은 내 말에 짜증나는 표정을 지었다. 이 사람은 자신의 감정을 굳이 숨기려 하지 않는 타입이다. 그렇다기보다는 진짜 속셈만 숨기는 걸까?

나는 블라스팅에게 말했다.

"날 따라서 샘물 동쪽으로 가 줘요. 사람이 많을수록 좋으니까 도움이 되겠죠."

대답은 즉시 들려왔다.

"거절이다. 내가 뭐가 아쉬워서 너 같은 애송이랑 저 위험한 곳까지 가야 되는데? 나는 할 일 많고 바쁜 사람이다."

"사람이 아니라 노움이겠죠."

"거 새끼 더럽게 말꼬리 잡아내네."

슬슬 성질이 나오는 것 같다. 하지만 모든 화술에서 상대를 움직이려면, 일단 감정에 솔직하게 만들어야 한다. 나는 도리어 싱긋 웃으면서 말했다.

"따라갈 거 아니면 뭔가 도움 될 아이템이라도 좀 주세요. 그래도 훅스 씨가 같이 가는 건데 그 정도도 못 해줍니까?"

블라스팅의 표정이 잔뜩 일그러졌다.

"하아, 그게 목적이었구만. 이 어린 인간 종자가…."

"괜찮다, 블라스팅. 안 줘도 된다."

훅스 씨가 급히 끼어들어서 말했지만, 블라스팅은 이젠 혐오마저 느껴지는 표정을 지으면서 품속을 뒤적거렸다.

그리고 노움의 작은 소매에서 웬 어린아이만 한 대포를 꺼내서 내게 휙 던져 주었다!!

"헉!!"

대포?! 신형 무기라는 그 대포?!

아니, 소매에서 왜 대포가 나와?! 크기가 작은 것도 아니고 자기 몸뚱이만 하잖아?! 내가 경악하면서도 그 대포를 받았을 때 블라스팅이 퉁명스럽게 턱을 괴며 말했다.

"폴커 왕국 최신형 마법대포 [라그나로크 웜] MK. II 203형이다. 구경 100에 곡사포(howitzer) 사양이고 7연속 발사도 가능하지. 시험해 봤는데 밀집한 일개병단 정도는 1분 내에 싹쓸이할 수 있다. 어때, 맘에 드냐."

어쩐지 자부심이 느껴지는 목소리다. 하지만 나는 대포를 양팔에 끌어안은 채로 대답을 할 수가 없었다. 대략 정신이 멍해지는 느낌이다.

"……."

"물건은 받아 놓고 왜 말이 없어."

이 인간아! 너 같으면 물건 달랬더니 대포를 던져 주는 게 이해가 되겠냐! 나는 이동의 플루 가루나 회복약 같은 게 나올 줄 알았는데, 이런 건 검을 드는 의미가 없게 만들잖아!!

"이, 이런 건 말도 안 되죠. 원거리에서 이런 걸 쓰면 대체 전사나 마법사는 왜 필요합니까?! 좀 정상적인 걸 달라고요!!"

접근하기도 전에 벌집이 되거나 고깃덩어리가 되어 버리면, 검을 들고 설치는 게 바보짓이다. 내 항변에 블라스팅은 가볍게 코웃음 쳤다.

"전사나 마법사는 왜 필요한데? 어차피 그것도 사람을 쉽게 빠르게 죽이기 위해 개발된 병종(兵種)에 불과잖아. 하지만 더럽게 비효율적이지. 몇 십 년 걸쳐서 초인적인 힘을 가지면 뭘 하냐. 너한테 준 라그나로크 웜 MK. II 203형은 포신을 조작할 힘만 있으면, 동네 무지렁이도 쓸 수 있어. 이런 게 진짜 [강한 무기]라는 거다."

"……."

나는 대답을 하지 못했다. 확실히 검술이나 마법 대부분은 적을 쉽고 빠르게 죽이려는 게 맞다. 내가 강해지는 것도 그 과정이 더욱 빨라지는 것에 불과하다.

하지만 이건…

블라스팅의 말을 반박하지 못하겠다. 내가 혼란스러워하고 있을 때 훅스 씨가 한 걸음 앞서 나오며 나직이 말했다.

"블라스팅. 너는 정말로 검과 마법이 사라지는 걸 원하는 것인가? 이건 심하다고 생각한다."

"그래, 훅스. 나는 검이나 마법 같은 건 신물이 나."

이누타브의 샘물 201

블라스팅은 알 수 없는 흉폭한 살기를 뿜어냈다. 엄청난 속도로 터져 나오는 광기가 장내를 메우면서 전율을 불러일으켰다.

"싸울 거라면 그냥 개처럼 싸워!! 사람을 죽일 거면 검술의 도리니, 마법의 극의니 하지 말고 그냥 입 닥치고 죽이라고!! 도대체 살육 기술에 심오한 도리와 법칙이 필요한 이유가 뭐냐?!"

솟구쳐 오르는 광기가 모두의 피를 달군다.

다리 아래를 차갑게 만들고 심장을 두근거리게 한다.

"난 대마법사나 검성이 난 체하면서 이 먹이사슬의 정점에 있는 꼴이 보기 싫어!! 고상한 척해 봐야 그놈들도 [잘 죽이기 때문에], [그런 기술을 가르쳐 줄 수 있기 때문에] 존경받는 것일 뿐이다! 이 나는 그런 위선이나 가식이 너무나 역겨워! 필요 없어, 필요 없어, 필요 없어, 필요 없어, 필요 없어. 그렇다면 잘 죽이는 것 외에는 아무것도 필요 없는 세상, 그걸 바로 내가 만들어 주겠다는 말이다!"

"!!!!!!"

나는 그 모습을 보고 이빨을 으득 악물었다. 가만히 있다가는 나도 블라스팅의 광기에 전염될 것만 같다. 그리고 내가 그동안 사람을 잘못 알고 있었다는 것을 깨닫고 말았다.

블라스팅은 아군이지만 선악(善惡)이 없다.

골든프릭스를 돕는 건 그저 자신의 목표에 맞기 때문이다. 그동안 보여 왔던 유들유들하지만 사람 좋은 모습, 그것조차도 가면에 불과했다. 그의 의식 세계는 이미 8할이 [혁명]이란 이름의 광기로 가득 채워져 있다.

그리고 그렇기 때문에— 블라스팅은 마음을 읽을 수 있는 나를 경계해서 내 앞에 나타나지 않으려고 했던 것이다. 자신의 마음을 잘 알고 있는 사람일수록, 부끄러운 것을 내보이긴 싫어하기 때문이다.

만일 이자가, 적이 되면 어떻게 될까.

생각만 해도 끔찍한 일이다.

"그때 용병왕이 말했었지."

훅스 씨가 무덤덤하게 말했다.

"굳이 서두르지 않아도 세상의 일은 이치대로 흘러간다고 말했었다. 너는 그의 말을 믿지 못하는 건가?"

"아니, 믿는다. 골든프릭스에서 나보다 똑똑하다고 유일하게 인정한 게 용병왕이었으니까. 나도 그의 말을 마음속으로 믿었다."

블라스팅은 광기를 억제하지 못하고 히죽 웃었다.

"그의 말대로, 세상은 이치대로 흘러가고 있어! 내가 폴커 왕국에서 개발한 마도구(魔道具), 대포, 화승총, 지뢰(地雷). 그게 나 혼자 개발한 거라고 생각하나? 아냐!!

이누타브의 샘물 203

나 혼자서는 절대 그걸 다 만들 수 없었지. 어떻게든 편하게 살인하고 싶어 하는 인간의 천성이 나를 도와줬다. 내가 미처 하지 못한 발상도 인간의 손에서 나왔다. 이게 이치가 아니면 뭐란 말이냐, 훅스!"

"……."

한참 침묵하던 훅스 씨는 한마디 말을 남기고 뒤돌아섰다. 배신감이나 억울함은 느껴지지 않았다. 그저 그럴 줄 알았다는 여상한 감정이 느껴졌다.

"변했구나, 블라스팅."

그 말에, 블라스팅은 잠시 충격을 받은 표정을 지었다. 이내 회복하면서 특유의 띠꺼운 표정으로 되돌아왔지만.

"멋대로 말해. 난 절대 틀리지 않을 테니까."

저벅.
저벅.
"……."

샘물의 동쪽으로 걸어가면서 복잡한 감정에 휩싸였다. 골든프릭스 단원 두 명의 말싸움을 눈으로 직접 보게 된 것이다. 아무리 나라도 태연할 수는 없다.

나는 앞에서 묵묵히 걸어가는 훅스 씨에게 말을 걸었다. 그는 벌써 10분째 아무 말도 없다.

"괜찮습니까?"

"뭐 딱히. 좋지도 나쁘지도 않은 기분일세."

너무나 담담한 말투에 도리어 내가 조심스러워졌다. 차라리 화를 내거나 하면 말을 이끌어 갈 수 있는데, 이런 반응은 예상외인 것이다.

내가 우물쭈물하고 있자 훅스 씨는 담배를 털었다.

"블라스팅이 검과 마법을 싫다고 하는 건 예전부터 그랬다. 녀석의 본심이 저 정도일 거라고는 생각 못했지만, 그렇게 놀랄 일은 아니야."

"놀랄 일이 아니라고요? 그는 모든 검사와 마법사를 싫어하고 있는 건데."

"그게 어때서 그래. 어차피 전장에 선 사람들은 서로를 증오하면서 죽이게 되어 있다. 블라스팅보고 뭐라는 것도 웃긴 일이지."

"그건 그렇죠."

내 생각보다 훅스 씨는 훨씬 강한 사람인 것 같다. 그는 반쯤 타들어 간 담배를 다시 입에 물면서 걸음을 독촉했다.

"지나간 일로 씹어 대는 건 사나이가 할 짓이 아니다. 이럴 때일수록, 언제고 그 녀석과 내가 진심으로 이해할 때를 기다려야 하는 거지."

"……."

그런 때가 올까?

**이누타브의 샘물** 205

마음속에 심대한 의문이 솟구친다. 내가 뭐라고 말을 이으려 할 때, 내 감각에 무언가가 잡혔다. 전방에서 웬 몬스터 하나가 터벅터벅 다가오고 있었다.

이내 우리 앞에 모습을 드러낸 녀석은 전신이 붉은 털로 뒤덮여 있는 원숭이였다. 나도 책으로밖에 원숭이를 본 적이 없었지만, 저건 확실히 원숭이였다.

[ 우끼. ]

원숭이는 한 손에는 웬 기다란 봉을 들고서 이마에는 황금색 관을 쓰고 있었다. 꼴에 동방의 의복까지 입고 있는 게 꼭 사람처럼 보였다. 무엇보다 눈에 기묘한 맑은 빛이 감돌고 있어서 보통 몬스터가 아니라는 생각이 들었다.

그 원숭이를 보자마자 훅스 씨가 머리를 짚었다.

"이런 제기랄. 처음부터 레드 에이프(Red Ape)라니. 역시 동쪽은 살짝 맛이 간(Lunatic) 난이도군."

"저게 레드 에이프라는 몬스터입니까."

"그래. 저게 바로 서쪽 동굴에서 제일 강한 놈이다."

나는 새삼스러운 눈으로 그 붉은 원숭이를 쳐다보았다. 그리드 스네일러처럼 덩치가 큰 것도 아니고, 딱히 대단한 능력이 있어 보이지도 않는다. 그런데 그리드 스네일러보다 강하다면, 훅스 씨도 1대1로는 버거워하는 놈이라는 뜻이다.

그때 레드 에이프가 훅스 씨를 알아보고는 손가락으로

가리켰다. 왠지 모르게 반가워하는 기색이었다.

[우끼!! 우끼끼!!]

"뭐라는 거야?"

훅스 씨가 퉁명스럽게 중얼거렸다. 나는 마인드 리딩으로 레드 에이프의 마음을 읽어 보기로 했다. 다행히도 저 레드 에이프는 사람만큼 똑똑한 놈이라서 쉽게 읽히는 것 같다.

"전에 자기 분신에 칼 박은 놈을 만났다면서 기뻐하고 있는데요. 훅스 씨하고 미친 듯이 싸우고 싶어 하네요."

"아, 역시."

훅스 씨는 나이트메어를 늘어뜨리며 한숨을 쉬었다.

"저건 원숭이 반신(半神)의 잔류 사념 같은 거다. 손오공(孫吾空)이라는, 동방에서는 엄청나게 유명한 신이지. 그런 만큼 몬스터치곤 더럽게 강하다."

"들어 본 적 없는데요."

내 말을 무시하고 훅스 씨가 말을 이었다.

"나도 1대1로는 끝까지 승패를 가를 자신이 없어서 반쯤 죽여 놓고 도망쳤다."

"훅스 씨가 도망쳤다고요?"

나는 믿을 수가 없어서 황망한 눈으로 레드 에이프를 바라보았다. 훅스 씨는 서방에서 가장 강한 4대검호 중 한 명이다. 그런 훅스 씨가 감당할 자신이 없었다니!

훅스 씨가 머리를 긁적였다.

"보면 알아. 저놈의 기술은 장난이 아니야."

붕붕붕.

레드 에이프의 머리 위에서 철봉이 위압적으로 돌았다.

[우끼끼끼(이봐, 준비해. 이 몸 나가신다!)—]

왠지 경쾌하게 외친 레드 에이프가 한 손에 들고 있는 봉을 쭈욱 내밀었다. 나는 찰나의 순간에 그 봉의 능력치를 확인할 수 있었다.

### 여의금고봉(如意金箍棒)

장비 종류 : 장봉
등급 레벨 : 10
마법부여 레벨 : 8
속성 : 확장, 거대화, 신속, 선풍
소유주 : 데미갓 아바타 – 레드 에이프(Red Ape)
현재 사용가능 기술 : 늘어나라 여의봉(Maharanaka)
현재 사용가능 마법 : 여의봉 백팔주법(裏百八呪)

'저것도 마스터급 무기!'

등급 레벨 10이면 마스터 레벨만이 다룰 수 있는 무기라는 뜻이다! 잠깐 무기에 정신이 팔렸지만 이내 레드 에이프의 레벨을 확인하려 할 때, 왠지 눈앞에 번갯불 같은 게 번뜩였다.

까까깡!

"정신 딴 데 두지 마! 빠르단 말이다!!"

비명처럼 외친 훅스 씨의 나이트메어가 폭풍처럼 움직이면서 공격을 걷어 냈다. 어찌나 빠른지 내가 한눈을 팔았다지만 머리가 날아갈 뻔했던 것이다.

나는 제정신을 차리며, 일단은 원거리 견제를 하기로 했다. 아까 들고 온 대포를 양손에 들었다.

철컹.

에, 그러니까 구경이 큰 대포니까 어딘가에 발사대가… 친절하게 검지를 넣고 당기기만 하면 되는 식이군? 그 사실을 알아채자마자 곧장 이름 휘황찬란한 라그나로크 웝 MK. II 203형을 발사했다.

꽈과과광.

"헉!"

[우끼이이이이(뭐야, 이건!!)?!]

마치 번개와 천둥이 터져 나가는 듯한 소리와 함께 전방 10미터가 싹 날아가 버렸다. 레드 에이프는 거의 순간 이동하듯이 피해 있었지만 놈도 당황하는 기색이었다.

나도 이 정도 위력일 줄은 몰라서 놀랐다.

이 정도면 웬만한 6클래스 공격 주문보다 괜찮은 화력

이잖아! 블라스팅이 발명품으로 검과 마법을 누르겠다는 게 헛소리는 아니었던 것이다.

내가 뭐라고 답변하려고 할 때 라그나로크 뭐시기(생각하기도 귀찮다)에서 음성 마법으로 커다란 광소가 흘러나왔다.

[으흐하하하하하하핫!!! 보았냐, 우민들아!!
이것이 과학의 힘이다!!!
하— 앗하하하하하하하하!]

"……."
"……."
[ ……우끼( 뭐지 ). ]

레드 에이프도 왠지 손발이 오글거리는 듯한 모습이었다. 나는 대포를 들고 있다가 얼굴이 화끈거려서 재빨리 던져 버리고 말았다. 훅스 씨는 입에 담배를 하나 더 꽂고 두 개를 동시에 피기 시작했다.

아까는 조금 소름 끼쳤는데 이 정도 되면 그냥 민폐잖아!! 그냥 과학을 맹신하는 마니아였던 것뿐이냐! 훅스 씨는 삽시간에 담배 두 대를 다 태우며 말했다.

"아냐. 내게는 블라스팅과 사나이답게 이야기할 때가 오지 않을지도."

당신 입으로 그러면 어떡해!

레드 에이프는 기회라는 듯 훅스 씨의 면전으로 달려들며 여의금고봉을 순식간에 다섯 번이나 휘둘렀다. 훅스 씨는 처음부터 무리하지 않으려는지 검기를 담아서 그 공격을 흘려 내었다.

쿠지지직.

'힘이 대단하네.'

훅스 씨쯤 되면 힘의 강약이 큰 문제가 아니다. 화경(化經)이란 걸 체득해서 상대의 힘을 흘려버릴 수 있기 때문이다. 그런데 흘려 냈는데도 발이 땅에 박힐 정도라면, 저놈의 힘은 굉장하단 소리다.

레드 에이프의 레벨이 보였다.

### 레드 에이프(반신 사념체)

Lv. 37 에이프
Lv. 16 선술사
Lv. 4 반신 사념체
Lv. 12 분신술사

"힘이 45?!"

나는 놈의 세부스탯까지 확인하고는 경악했다. 지금 대륙제일이라고 할 만한 내 힘도 48. 주먹바람만으로 공기를 찢을 정도지만 이놈도 내 아래까지 따라온 셈이다. 나보다 낮지만 큰 차이가 아니다.

지금까지 레벨업 하지 않았다면 정말 어려운 상대였을 거란 생각과 함께, 내 검은 제자리에서 도약하며 레드 에이프의 정수리를 노렸다. 한참 훅스 씨와 격전을 벌이던 레드 에이프가 힐끔 나를 바라보았다.

부웅.

'꼬리!!'

지금까지 가만히 있던 꼬리가 마치 팔처럼 자유자재로 움직이면서 내 머리로 감아 쳐 왔다. 그 속도와 힘이 마치 석조 기둥을 휘두르는 것 같았다. 나는 고개를 숙여 피했지만, 그때는 레드 에이프가 한 발 물러서며 내게 여의금고봉을 날리고 있었다.

콰과과광.

"하압!!"

[ 우끼! ]

이누타브 블레이드와 여의금고봉이 부딪히자 폭음이 일순간 울려 퍼졌다. 청색 스파크가 튀기며 돌풍이 눈앞으로 몰아친다. 나는 레드 에이프의 움직임을 끝까지 눈으로 쫓으면서 놈의 연속 공격을 막아 내었다.

[상대 육연타(Chain Attack) 시전!! 민첩 체크… 기술체크… 성공.]

[방어에 성공했습니다!!]

까앙.

그 틈을 놓치지 않고 훅스 씨가 몸을 회전시키며 레드 에이프의 등 뒤로 칠흑색 검기를 날렸다. 원래보다 더욱 응축되어서 차라리 오오라(劍罡)에 가까운 위력이었다.

하지만 레드 에이프는 흠칫하고 그 기습을 알아채더니, 다시금 붉은 잔영만 남기고 사라져 버렸다! 바로 눈앞에서 싸우던 나조차도 알아보기 힘들 만큼 빠른 속도였다.

[스킬 '신출귀몰' 발동! 상대는 전투 중 고속 이동보다 빠르게 이동할 수 있습니다! 신출귀몰은 사용할 때마다 마력이 소모됩니다.]

터터팅.

가벼운 발걸음!

마치 중력을 무시하듯이 벽에서 벽을 눈에 보이지 않는 속도로 뛰어다니는 레드 에이프의 실력은 대단했다. 방금은 한순간이지만 나와 훅스 씨를 상대로 2대 1로 밀리지 않은 것이다.

레드 에이프는 멈추지 않고 연이어 스킬을 퍼부었다. 말 그대로 퍼부었다. 녀석에게 한계는 없는 것 같았!

[스킬 '십육분신(Sixteen Soul)' 발동!]

이누타브의 샘물 213

[스킬 '늘어나라 여의봉(Maharanaka)' 발동!]
[특수스킬 '필마온의 굴욕' 발동!]
부부부부부부.

꽝폭한 소리와 함께 레드 에이프의 잔영이 우레처럼 풀려나왔다. 눈 깜짝할 사이에 레드 에이프의 분신이 열여섯 개나 생겨나서, 그것들 하나하나가 허공에서 여의금고봉을 다잡는 진풍경이 연출되었다.

거기에 여의금고봉이 모두 쭉쭉 늘어 가면서 공간을 채우듯이 꿰뚫기 시작했다! 나와 혹스 씨는 차마 그 폭우처럼 쏟아지는 공격을 맞상대하지 못하고 일일이 맞춰서 쳐 내거나 피할 수밖에 없었다.

"으으으읏!!"

나는 이를 악물며 재빨리 손을 휘둘러서 주문도 없이 파이어 볼을 3연속으로 날려 대었다. 하나라도 맞으면 HP가 100씩 없어져 버리는 위력이다. 하지만 분신에 각각 명중했는데도 비틀거릴 뿐, 사라지는 분신은 없었다.

레드 에이프 본체가 어디 있는지도 잘 모르겠다. 허공에서 획 하고 내려앉은 분신들이 일제히 괴성을 지르며 우리에게로 돌격해 왔다.

[ 우끼끼끼( 돌겨 )— 끼( 억 )!! ]
[ 우끼끼끼( 니가 뭔데 명령이야 )!! ]
[ 우끼이이( 닥치고 패기나 해 )!! ]

"……."

 열심히 검을 휘두르며 막아 내던 내 표정이 이상하게 뒤틀리자 혹스 씨가 깜짝 놀랐다. 그만큼 내 표정이 썩어 들어가고 있었던 것이다.

"자네 왜 그러나!! 놈들이 사악한 주문을?!"
"아뇨. 그게 아니라 좀."

 때로는 모르는 게 좋을 것도 있는 것 같다. 앞의 분신들이 싸우느라 바쁜 틈을 타서 구석에서 음담패설을 하는 놈도 있고, 몰래 등의 벼룩을 잡아 주는 훈훈한 모습도 있었다.

"……."

 아니, 너희들 안 싸우냐.

 무서운 주문이긴 하다. 거의 본체와 비슷한 지능의 분신을 이렇게나 많이 만들어 내다니. 전투에 집중력이 없는 것만 제외하면 정말 강했을 것이다.

"그럼~ 나도 제대로 가 볼까!!"

 나는 분신 열 마리가 혹스 씨에게 몰려 붙는 틈을 타서 한 놈을 베어 버리고는 그대로 중앙으로 돌격했다. 시선이 몰리면서 곧 집중공세가 들어올 것 같다.

 그 2초의 순간이면 충분하다.

 내 손에서 어슴푸레한 마력의 기운이 떠올랐다. 그리고 이누타브 블레이드에서는 붉은 검기(劍氣)가 떠오르

이누타브의 샘물 215

며 전신을 감쌌다. 나는 잠시 심호흡을 하고는 스킬을 발동했다.

"완벽초인 모드(Perfect Mode)!!"

디바인 크루세이더가 되면서 배운 능력이다! 변신능력이란 건 알고 있지만, 어디 어느 정도의 효과일까?

[완벽초인 모드를 발동했습니다!]
[발동하는 동안 MP는 1초당 10씩 소모됩니다. MP가 0이 되면 모드가 풀리니 조심해 주십시오.]
[완벽초인 모드 동안에는 모든 종류의 데미지를 80 감소합니다. 마법 데미지를 1/3만 받습니다. 적을 쓰러뜨릴 때마다 MP가 회복됩니다.]

퀴콰아앙.

이누타브 플레이트 소환!

내 전신에서 붉고 성스러운 기운이 솟아오르더니, 순식간에 적황색의 갑옷이 내 몸을 감쌌다. 갑옷은 가시처럼 뾰족한 스파이크가 여기저기에 달려 있는 모습이었다. 그리고 가슴 부위에는 이누타브의 문양이 새겨져 있었다.

지금까지 입고 있던 갑옷과는 차원이 다른 느낌이다. 나는 알 수 없는 용기가 솟아오르는 것을 느끼며 맨 앞에 있는 분신체를 베었다.

스카.

[ 키이이이!! ]

놈을 베어 버리자마자 몸 깊숙한 곳에서 마력이 용솟음치는 게 느껴졌다. 그리고 절반 이상 소모되었던 MP가 금세 채워지기 시작한다. 적을 베면 벨수록 이 완벽초인 모드가 오래 유지되는 것이다!

분노한 레드 에이프의 분신들이 달라붙어서 여의금고봉으로 내 전신을 갈겨 왔다. 나는 피하고 막아 내었지만, 무려 여덟 마리가 동시에 봉을 늘여 대니 어쩔 수 없이 맞게 되었다.

까깡.

"어엇!!"

나는 깜짝 놀랐다. 여의금고봉에 맞은 갑옷은 쇳소리만 내고 있었다. 45나 되는 무식한 힘으로 얻어맞았는데도 그저 얼얼한 느낌밖에 나지 않았다. 몸뚱아리가 날아갈 거라고 생각했는데 예상외다.

레드 에이프의 공격력을 생각하면, 보통 병사들은 나를 건드릴 생각조차 하지 못하리라. 나는 이누타브 플레이트의 방어력에 전율하고 말았다.

사상최강의 갑옷!

그런 수식어를 붙여도 이상할 건 없다. 나는 공격이 안 먹혀서 주춤거리는 분신들에게 돌격했다. 저 놈들의 공격이 그리 위협적이지 않다면, 내게 압도적으로 유리하다.

붉은 이누타브 플레이트는 적이 가까이 오자, 갑자기 화염의 마력을 방출하며 굉음을 터뜨렸다. 그것은 마치 내가 가지고 있는 적룡의 검갑에 반응하는 것 같았다.

쿠오오오!

[장비스킬 '플레어 버스트' 발동!]

전신이 열옥으로 휩싸였다. 내가 미처 정신을 차리지 못하는 사이에 내 몸 전체가 하나의 불덩어리가 되어 있었다. 그런데 전혀 아프지도 두렵지도 않다.

그리고 내 전신에서 화염 파장이 터져 나가면서 주변의 레드 에이프 분신들을 태워 나갔다. 화염은 어찌나 뜨거운지 노란 빛을 띠고 있었다. 어지간한 화염방어 주문으로는 감당해 낼 수 없는 위력이었다.

[끼이이익!]

[계엑!]

순식간에 레드 에이프 분신 다섯 마리가 플레어 버스트에 당해서 타 죽었다. 우왕좌왕하던 분신 한 마리는 내 이누타브 블레이드에 맞아서 비명을 질렀다. 가히 지옥의 기사라고 칭할 만한 위용이었다.

 옆에서 지켜보던 혹스 씨가 감탄했다.

 "이누타브 플레이트! 직접 보는 건 처음이군."

 "네?"

 분신들은 나를 두려워해서 슬슬 물러나고 있었다. 아마 본체로 돌아갈지 말지 고민 중인 것 같다. 그 짧은 틈을 타서 혹스 씨가 설명해 주었다.

 "그건 이누타브의 무력을 대행하는 최고의 팔라딘만이 입을 수 있는 장비다. 평소에는 노움 신관들이 봉인하고 있는데, 자네의 부름에 소환되었군."

 "헤에."

 나는 새삼스러운 눈으로 내 몸을 감싼 이누타브 플레이트를 바라보았다. 그 말대로라면 최고의 팔라딘은 나처럼 이누타브 블레이드, 플레이트 2가지를 동시에 갖추고 싸웠다는 뜻이다.

 생각해 보니 무서워졌다.

 팔라딘이 이누타브 블레이드의 공격력과, 이누타브 플레이트의 방어력을 갖춘다면. 아무리 강력한 마도사나 기사라도 그를 결코 쉽게 상대할 수 없을 것이다. 홀리바운

드나 홀리서클이 있으면 대부분의 공격을 무력하게 만들 수 있기 때문이다.
 쉬쉬쉭.
 어느새 분신들은 빨려들 듯이 하나가 되어 있었다. 레드 에이프가 분신술을 풀고 본체로 돌아온 것이다. 뭐가 그리 화가 나는지 레드 에이프는 얼굴이 벌게져 있었다.
 [ 끼— 익끽끽( 내 진짜 실력을 보여 주마 ) ! ! ]
 그러더니 놈은 갑자기 왼팔을 휘두르며 기이한 주문을 외웠다. 혹스 씨는 그걸 지켜보지 않고 공격했다. 시꺼먼 검기가 레드 에이프에게 쇄도했지만, 레드 에이프는 가볍게 공격을 피하면서 주문을 완성했다.

 스킬 '근두운(Heaven Cloud)' 발동!

 주문이 끝나자마자 붕 하고 오색찬란한 구름이 장내에 나타났다. 저 스킬이 뭔지 감을 잡을 수 없었다. 설마 저 구름이 마구 불어나서 사람을 질식하게 만드는 건가!
 아니면 산성구름일지도 모른다.
 "으음. 귀찮은 놈이군."

훅스 씨도 처음 보는 건 마찬가지인지 신중하게 물러나며 상황을 살폈다. 저게 만일 카운터 능력이면 위험한 지경에 빠질 수 있기 때문이다.

레드 에이프는 씨익 웃었다.

[ 끽끼끼끼( 일단 후퇴 )!! ]

슈웅!

레드 에이프는 살짝 뛰어오른다 싶더니, 말 그대로 번개 같은 속도로 구름과 함께 동굴 저편으로 사라져 버렸다. 그 속도는 말보다 스무 배는 빨라서, 도저히 따라갈 수 없었다.

뭐야, 저 자식! 비장의 술법이 줄행랑이었냐?!

황망하게 그 뒷모습을 바라보던 훅스 씨가 그만 너털웃음을 지었다.

"허허허!! 저 녀석, 귀여운 구석도 있군."

"웃을 때가 아니잖아요. 저 자식이 계속 싸움을 걸어오면, 우린 쫓아가서 때려잡을 수가 없는데."

나는 완벽초인 모드를 해제하며 푸념했다. 그와 동시에 이누타브 플레이트도 내 몸에서 사라졌다. 뭘로 만들어졌는지 거의 무게가 느껴지지 않을 정도였다.

훅스 씨가 싱긋 웃었다.

"아마 그렇지 않을 게다. 저놈은 반신의 사념체라서, 비겁한 짓은 하지 않아. 그때는 또 그런대로 상대해 주면 된다."

"…그러길 빌어야겠죠."

그리고 나는 확신했다.

이대로 내가 마스터 팔라딘이 될 수 있다면, 이 세상 누구도 나를 죽이기 힘들어질 것이다. 아까 그 갑옷을 입고 싸우는 동안에는 천하무적이 된다. 그런 생각이 들자 왠지 앞날에 대한 기대감이 솟아올랐다.

훅스 씨가 심드렁하게 말했다.

"저거 안 들고 가나? 라그나로크 뭐시기."

"아. 들고 가야죠."

비록 대포를 만든 블라스팅은 맘에 안 들지만, 편리한 건 사실이다. 방금도 레드 에이프 같은 최상급 몬스터가 아니라 리치였다면 일격에 쓰러뜨릴 수 있었다. 왠지 블라스팅의 생각을 인정하는 것 같아서 씁쓸한 마음도 든다.

그렇게 한참을 걸었다.

다행히 레드 에이프는 훅스 씨의 말대로 더 이상은 보이지 않았다. 놈이 다시 나타나면 어떻게든 일격에 쓰러뜨려야겠다.

"으엑."

나는 그만 혀를 내둘렀다.

라그나로크 웜 MK. II 203형을 쓸 기회는 의외로 빨리 찾아왔다. 거대한 동굴에 빽빽이 들어차 있는 점액 촉수, 그리고 서로 얽혀 있는 거대 민달팽이들이 눈에 보였다. 찐득거리면서 초록색 진액이 흘러나오는 광경은 그리 보기 좋진 않았다.

곳곳에 녹아 버린 몬스터 시체가 눅진하게 늘어붙어서 개미 시체처럼 보였다. 아마 그리드 스네일러의 먹이가 된 놈들이다.

"…세상에."

기가 질린 훅스 씨가 중얼거렸다. 그는 점액 냄새를 무시하려는지 담배를 한층 더 빽빽하게 피웠다. 한 입에 담배를 세 개나 물고 있었다.

"그리드 스네일러가 다섯 마리나… 맨몸으론 절대 돌파 못할 지옥이군."

마스터 나이트가 이런 소릴 한다면, 대륙의 그 어떤 존재도 단신으로는 저놈들을 쓰러뜨릴 수 없을 것이다.

"메테오라도 써야겠는데요."

나도 기가 질린 눈으로 전방을 바라보았다. 물론 메테오를 써도 저 민달팽이들은 또 마력을 흡수할 것이다. 생각할수록 까다로운 마물들이란 생각이 들었다.

철컹.

나는 어깨에 라그나로크 뭐시기를 들고 잘 겨눠서 조준했다. 한 번에 날리기는 힘드니까 연발로 날려 버려야 할 것 같았다.

"조준—"

옆에서 보고 있던 훅스 씨가 구령을 넣었다. 내가 힐끗 돌아보자, 훅스 씨는 아차 하는 표정을 지으며 변명했다.

"아니, 그냥 군대 때 버릇이 남아서."

"…아 예."

하여간 군대는 사람 여럿 버려 놓는다니까. 경비병 출신인 나도 뼈저리게 실감하고 있다. 나는 천장에 붙어 있는 민달팽이부터 날려 버리기로 마음먹고 조준 각도를 높였다.

그리고 나직이 중얼거렸다.

"발사."

아차, 나도.

꽈과과과광!!

귀청이 따가워지며 폭염이 분출되었다. 음속의 두 배로 날아간 탄알은 천장의 민달팽이를 한순간에 소거시켜 버렸다. 그리고 민달팽이의 수분이 땅으로 후두둑 떨어지기 시작했다.

쿠콰쾅!!

연이어 각도를 아래로 맞추며 민달팽이 떼를 폭파시켰다. 민달팽이들은 상황이 어찌 되었는지 간신히 파악했는지 촉수를 내게 날려 왔다. 하지만 대기하고 있던 훅스 씨가 검을 빠르게 휘둘렀다.

**필살기必殺技**

레벨 3
검막(Blade Barrier) 시전
방어 체크!
완벽한 성공(Perfect Good)!

촉수는 검기의 소용돌이에 찢겨서 산산조각 나 버렸다. 하늘의 대정령 엘바인의 마법탄과는 달리, 그리드 스네일러의 촉수는 공격용으론 별로 안 좋은 것이다. 나는 그 틈을 놓치지 않고 남은 탄알을 모조리 쏟아 부었다.

꽈과과광!

쿠콰콰콰쾅!!

후폭풍이 휘날렸다. 민달팽이들은 열폭풍과 탄알의 파괴력에 찢겨 나갔다. 비명 소리도 나지 않는 걸 보면 라그나로크 뭐시기의 화력이 그만큼 출중하다는 뜻이다.

이윽고 내가 7연사를 끝냈을 때 다시 음성 마법으로 대포에서 블라스팅의 광소가 흘러나왔다.

[흐헤헤헤헤!!! 병신 같은 것들아, 이게 노움 오백 년

과학의 힘이다 똑똑히 봐 둬라!!! 아, 으윽 개발비 때문에 속이 쓰려….]

"……"

이거 또 나오네.

잠시 정적이 흐른 후 블라스팅이 누군가에게 애원하듯이 말하는 게 들렸다. 지금까지 듣던 것과는 다르게 간절한 어조였다.

[으으, 쉐레드 왕자. 제발 시간과 자금을 줘.]

웬 냉정한 청년의 목소리가 들렸다.

[싫습니다. 예산이 빠듯해요.]

[크윽.]

블라스팅은 잠시 이를 갈았다. 그러고는 재차 자금이 필요한 이유에 대해 역설하기 시작했다. 거의 구걸처럼 느껴질 정도였다.

한참 동안 블라스팅의 말을 듣고 있던 쉐레드 왕자가 불쑥 말했다.

[어, 그거 아직 녹음되고 있는 거 아닙니까?]

[야, 빨리 꺼!! 쪽팔리ㄱ]

뚜욱.

황급히 외치는 블라스팅의 목소리를 끝으로 음성 마법은 끝이 났다. 나는 뭐라고 반응해야 할지 몰라서, 그저 그리드 스네일러가 날아간 폐허를 멍하니 바라보았다.

옆에서 담배를 뻑뻑 피고 있던 혹스 씨가 말했다. 그는 진심으로 걱정되는 표정을 짓고 있었다.

"…언젠가 세상은 예산에 지배당할지도 모르겠군."

나는 고개를 끄덕일 수밖에 없었다.

"동감합니다."

예전부터 느끼는 거지만, 어쩌면 진짜 무서운 건 돈일지도 모르겠다.

제4장

# 샘물의 동쪽

우리가 샘물 동쪽에 진입한 지 이제 4시간째다.

'지친다.'

나와 훅스 씨는 꽤나 지쳐 있었다. 다른 건 그렇다 치더라도, 제대로 된 식사를 하지 못한 지 오래되었다. 적어도 하루는 굶은 느낌이다.

배고프다.

거기에 뛰어다니면서 싸웠으니 배가 더 고픈 건 당연한 일이다. 나는 덤벼 오는 블랙오크의 검을 막아 내면서 외쳤다.

까강.

"아저씨!! 육포 없어요?!"

고작 하는 말이 이런 거라니. 검기를 날려서 블랙오크 여덟 마리를 한 번에 목 없는 시체로 만들어 버린 훅스 씨가 신랄하게 말했다.

"배가 고프니까 눈에 뵈는 게 없나 보군. 이젠 아저씨라고 부르다니."

"아, 그건."

정말 배가 고프다 보니 머릿속이 멍해지는 느낌이다. 뭐라도 좋으니까 고기나 우유를 먹고 싶다. 뒤에서 싸우고 있던 훅스 씨는 훗 하고 웃으면서 말했다.

"마침 딱 좋게 되었군. 이놈들만 쓰러뜨리면 바로 식사를 하면 적당하겠어."

"…말은 쉽지요."

까깡.

나는 검을 휘둘러서 블랙오크를 쓰러뜨리면서 푸념했다. 지금 그리 크지도 않은 동굴에는 피부가 새까만 오크가 가득 들어차서는 계속 몰려오고 있었다.

얼추 봐서 200마리는 있는 상황이다. 거기에다가 이놈들은 그렇게 만만한 놈들도 아니다.

### 블랙오크

Lv. 15 오크
Lv. 13 파이터
Lv. 9 시미터유저

'강해! 한 마리가 하급 기사에 필적한다.'

체력도 오크라이더보다 2배는 높은데다가, 끝에 정예 오크랍시고 철방패와 철갑옷을 들고 있다. 물론 내 괴력과 훅스 씨의 검기 앞에는 통하지 않지만 성가신 놈들인 건 틀림없다.

이 정도 숫자의 블랙오크라면, 아마 작은 성 하나를 함락시킬 수 있을 것이다. 괜히 훅스 씨가 이 던전을 미친 난이도라고 하는 게 아니었다.

나는 짜증나서 훅스 씨에게 외쳤다.

"마법 쓸 테니까 알아서 피하세요!"

"맘대로!"

훅스 씨의 말이 들리자마자 나는 손을 앞으로 내뻗으면서 주문을 외웠다. 내가 주문을 외우는 틈을 노리고 다시 블랙오크들이 개 떼처럼 몰려들었다.

나는 주문을 외우는 중간에 살짝 말했다.

"홀리서클(Holy Circle)."

부웅.

[ 케에엑??! ]

[ 뭐, 뭐다엑!! ]

5초간 물리 공격에 무적이 되는 성기사의 기술이 펼쳐지자 블랙 오크들은 당황하면서 물러났다. 그 사이에 주

샘물의 동쪽 233

문을 다 외운 나는 손가락을 모으며 주문을 펼쳐 냈다.

"글래셜 스트라이크(Glacial Strike)!!"

땅 밑에 얼음의 마력이 감돌았다. 블랙오크들은 깜짝 놀란 눈을 했지만 이미 피하기에는 늦었다. 마치 식물이 자라듯이 땅에서 터져 나온 얼음 기둥이 블랙오크들을 마구 꿰면서 학살하기 시작했다.

얼음 기둥은 강하고 빨랐다. 블랙오크도 웬만한 전사보다 민첩한데 아무도 피하지 못했다. 은색의 뱀이 똬리를 틀고 있다가 생쥐를 잡아먹는 것처럼 압도적이었다.

콰지지직.

순식간에 수십 마리를 없애 버린 글래셜 스트라이크의 주문은 이내 땅으로 파고들더니 사방팔방으로 냉기를 분출했다. 블랙오크들은 비명을 지르며 도망가려고 했지만, 그들이 할 수 있는 건 등부터 얼음이 되는 것뿐이었다.

쏴아악.

이내 온도가 급격히 내려가서 빙한지옥처럼 변해 버린 장내에는 나와 훅스 씨밖에 남지 않았다. 훅스 씨가 태연하게 중얼거렸다.

"땀을 식혀 줘서 좋군."

아까 훅스 씨는 내 주문이 발동되자마자 이상한 스킬을 발동했었다. 그래서 냉기에도 아무렇지 않게 행동할 수 있는 것이다.

스킬 '호신강기(護身罡氣)' Lv. 4 발동!

 호신강기라고 하는 기운은 영하 20도는 될 법한 이 추위 속에서도 훅스 씨를 멀쩡하게 했다. 황금빛 막이 둘러싸고 있는 한 훅스 씨는 절대 죽을 것 같지 않았다.
 저게 마스터 나이트의 힘인가.
 훅스 씨는 이마에 얼어있는 땀을 닦아 내며 말했다.
 "얼려 버리니 곤란하군. 구워 먹어야 되는데."
 "네?"
 나는 훅스 씨의 말에 경악했다.
 "설마 여기 죽어 있는 블랙오크를 구워 먹자고요?!"
 "그럼 이거 말고 먹을 게 있나? 육포로는 한계가 있으니 우리는 어떻게든 배를 채워야 해."
 몬스터의 고기를 먹다니!
 평생 동안 정상적이고 상식적으로 살아온 내게는 이해가 되지 않는 발상이었다. 그러나 훅스 씨는 진심인 듯, 검기를 이용해서 얼어 있는 블랙오크의 시체를 하나하나 썰기 시작했다.

샘물의 동쪽 235

나는 어이없는 눈으로 바라보았지만, 이내 훅스 씨는 잘게 토막 낸 블랙오크의 시체 더미를 내게 보여 주면서 태연하게 말했다.

"자, 구워 먹게 불 좀 피워 주게."

"아… 이거 먹으면 병 걸릴 텐데요."

몬스터의 시체는 불결하기 짝이 없다. 그것도 돼지와 비슷한 습성이 있는 오크라면 더욱 그렇다. 훅스 씨는 내 말에 도리어 코웃음 쳤다.

"자네 성기사잖나? 성기사는 구정물과 생쥐를 통으로 먹어도 병에 안 걸려. 세상에서 병균 앞에 제일 자유로운 자가 무슨 약한 소린가."

"……."

생각해 보니 그렇다. 디바인 크루세이더가 되었으니, 설령 흑마법사가 내게 상급 저주를 걸어도 아무렇지 않은 것이다. 그래도 찝찝한 기분은 어쩔 수 없다.

화르륵.

내가 파이어 볼로 불을 붙이자, 블랙오크들의 고기는 참나무와 삼겹살 냄새를 내며 기름을 흘리기 시작했다. 훅스 씨는 이런 경험이 많은 듯, 블랙오크의 검으로 고기를 꿰어서 구웠다.

으. 오크고기는 돼지고기랑 비슷한 맛이라던데.

"조금만 먹죠."

"많이 먹어도 난 상관없네."

심드렁하게 말하는 훅스 씨의 옆에 앉아서 같이 블랙오크 고기를 구웠다. 살다 보니 오크 고기를 굽는 날도 있구나.

고기를 굽는 도중 훅스 씨가 내게 물었다.

"그동안 여행을 많이 한 것 같은데, 대천문에서 헤어진 동료는 어떤 사람이었나? 그때 그 하프엘프 아가씨도 같이 다니고 있나?"

"아, 그건."

나는 대답하기 곤란한 질문이라 잠시 망설였다. 그랑시엘 생각이 떠오르자 머릿속이 조금 어지러웠다. 아직도 그때의 충격이 가시지 않은 걸까.

나는 곧 마음속을 정리하며 대답했다.

"해적왕 키타론이란 녀석하고 카르르기 쥰란시라는 귀족과 같이 있었어요. 다들 한가락 하는 녀석들이라서 어디 가서 죽진 않을 것 같지만."

"걱정은 되어 보이는군."

"……."

내가 침묵하자, 훅스 씨는 가타부타 말도 없이 칼에 꿴 고기를 들었다. 고깃기름이 검신을 타고 흘렀다. 그는 손가락을 튕겨서 고기를 잘라 내며 말했다.

"키타론은 나도 알아. 어렸을 때는 에서론하고 같이

자란 녀석이니 내게는 아들 같지. 그 자식, 아직도 해적질을 하고 있었구나."

그 말에는 씁쓸함이 깃들어 있었다.

"네에? 그건 무슨 소립니까. 키타론이 에서론 자작님과 같이 자라다니."

나는 고기를 굽다가 그 말에 반응해서 훅스 씨를 돌아보았다. 훅스 씨는 자른 고기를 우물우물 씹어 먹으면서 내 말에 대답해 주었다.

"말 그대로다. 그 두 녀석은 배다른 형제야."

"형제!!"

어이없는 일이다. 폴커 왕국 북방의 수호신으로까지 불리는 대검호(大劍豪) 에서론 자작님과, 남부 최대의 해적왕이 형제라니! 다른 누가 듣더라도 황당해할 만한 사실이다.

키타론은 자기 생각을 잘 안 해서 몰랐다.

훅스 씨는 잘 안 씹히는 족살을 퉤 뱉으며 말을 이었다. 블랙 오크 고기는 상당히 질겨 보였다.

"실버 가문은 폴커 왕국의 개국공신 가문이다. 전대 가주는 사생활이 문란해서 눈총을 많이 샀고, 결국 첩의 자식인 에서론이 실버 가문에 들어오게 되었지."

"에서론 자작님이… 첩의 자식이었다구요?"

뜻밖의 사실이다. 이미지로 보자면 키타론 실버가 첩

의 자식일 것 같다. 폴커 왕국에서 첩의 자식에 대한 대우는 나쁜 편이라서, 대개 쓸모없는 존재가 되는 일이 다반사이기 때문이다.

잘해 봤자 하급 관리가 되는 게 출세의 전부였다.
"뭐, 키타론도 첩의 자식이었어."
"그건."

내가 어이없어서 뭐라 말을 잇지 못하자, 훅스 씨는 어깨를 한 번 으쓱했다. 그 자신도 말을 하면서 우스운 느낌인 듯했다.

"실버 가문의 전대 가주가 뿌린 씨앗이 한둘이 아니었단 거지. 그 때문에 정실부인은 폭발해 버려서, 친가의 힘을 동원해서 가주를 내쫓아 버렸다. 그때부터 둘의 고생길이 시작되었지. 둘 다 검술의 재능이 백 년에 한 번 나올까 말까 한 천재아들이었는데— 대마도사 토르온 경이 도와줄 때까지는 집안의 하인처럼 일했거든."

"……"

"그런 눈 하지 마라. 에서론이든 키타론이든, 누군가 자기 과거를 알고 동정하는 걸 제일 싫어한다. 둘 다 자신의 삶을 살아가려고 노력하고 있을 뿐이야."

나는 그들의 과거사를 듣자 약간 충격을 받았다. 이따금씩 에서론 자작님의 능력에도 불구하고 어째서 대귀족이 되지 못했는지 궁금했다. 이제 보니 첩의 자식이기 때문에 자작위보다 높은 직위에 오르지 못했던 것이다.

"고기 탄다."

아차!

나는 급히 고기를 돌려서 구웠다. 탄 부분은 어떻게든 잘라 내고 먹어야겠다. 나는 이윽고 고기를 한 웅큼 뜯어먹으면서 계속 궁금한 점을 물었다.

"키타론은 쌍검을 쓰던데, 그것도 실버 가문의 가전검법인가요? 내 강검(强劍)도 손쉽게 받아 내던데."

"맞아. 두 사람 다 원류는 가전 쌍검술(Dual Blade)이지. 기술만으로 따지자면 대륙에서 세 손가락 안에 드는 검법이다."

"흐음."

나는 그때 키타론에게 내 일격이 막혔던 게 그리 억울한 일이 아니란 걸 깨달았다. 도리어 형식도 없이 싸우며 익힌 내 검술이 그런 놈들한테 통한다는 게 이상한 일인 것이다.

고기를 먹기 시작하자 포만감이 목구멍을 채웠다. 블랙오크 고기는 질기긴 하지만, 먹기 시작하자 참나무 향이 배여 있어서 고소했다. 게다가 병에 걸릴 걱정도 없으니 걱정 않고 먹어 대었다.

휙!

바로 그때— 기척과 함께 붉은 신형이 우리 앞에 날아들었다. 나와 훅스 씨는 경계하며 자리에서 일어섰다. 그리고 무기를 들고 놈을 겨눴다.

잠깐 동안 정적이 감돌았다. 우리와 5미터 정도 간격을 두고 멈춰 선 그 붉은 것이 입을 열었다.

[우끼….]

그러고는 간절한 눈을 하며 두 손을 모아서 내밀었다.

[우끼끼끽(고기 좀 줘).]

"……."

"뭐라고 하는 거냐?"

훅스 씨는 레드 에이프가 무슨 말을 하는지 모른다. 나는 아까까지 안 보이던 레드 에이프가 고기 먹는 데 찾아온 게 이상하게 느껴졌다. 이놈이 우리를 미행하고 있었던 것이다.

나는 레드 에이프를 노려보며 말했다.

"이 자식, 고기를 달라는데요."

"주자고."

훅스 씨는 고기 때문에 최상급 몬스터와 다투기는 싫은 모양이다. 옳은 판단이지만 왠지 손해 보는 느낌을 지울 수 없다.

"아, 뭐 상관은 없는데."

나는 찝찝한 표정을 지으면서 칼 꼬챙이로 고기 한 점

을 집어서 레드 에이프에게 던져 주었다. 레드 에이프는 여의금고봉으로 고기를 받아 내더니 허겁지겁 먹기 시작했다. 배가 많이 고팠던 것 같다.

쩝. 쩝. 쩝.

문득 나는 신기해져서 물었다.

"맛있냐?"

[ 우끼끼( 먹는데 말 시키지 마)!! ]

마인드 리딩으로 놈의 마음을 읽어 보니, 이 녀석은 던전이 세워진 이래로 고기를 먹어 본 적이 없는 것 같다. 그래서 고기에 굶주려 있었지만 불을 다룰 줄 몰라서 먹지 못했다. 꼴에 날고기는 싫어하기 때문이다.

그러던 중에 우리를 따라다니다가 고기 냄새가 나자 냅다 달려와서 고기를 구걸하게 된 것이다.

"맛있나 보네."

나와 훅스 씨는 놈이 고기 먹는 걸 하릴없이 보다가, 우리도 구워진 고기를 먹기 시작했다. 놈이 기습을 해도 충분히 감당할 자신이 있기 때문이다.

쩝. 쩝. 쩝.

우걱우걱.

그렇게 세 명이 서서 고기를 우걱대며 먹는 모습은 제법 진풍경이었다. 먹으면서도 서로가 신경 쓰이는지 노려보고 있기 때문이다. 레드 에이프는 팔 덩어리 하나를 다

먹자 더 달라는 듯 손을 내밀었다.

나는 고기를 꿴 칼을 치우며 능글맞게 말했다.

"싫어. 니가 구워 먹어."

[ 끼이이이끼끽( 더러운 놈 치사한 놈 ) ! ! ]

끽끽거리며 레드 에이프가 발광했다. 훅스 씨는 이제 충분히 배가 찼는지 이제 식후담배를 피기 시작했다. 나는 당장이라도 달려드려는 레드 에이프를 진정시키며 말했다.

"그럼 이렇게 하자. 지금부터 내가 저 고기들로 육포를 만들 건데, 니가 나를 따라오면 아침에 3개, 저녁에 4개를 주마. 어때?"

레드 에이프는 한층 발광을 심하게 했다.

[ 끼이이익끽끽끽( 말이 되냐 안 따라가! ) ! ! ]

이것이 앙탈을.

훅스 씨는 이제 전투는 없을 거라고 생각했는지 저만치 구석에 가서 담배를 뻑뻑 피웠다. 던전 들어온 이래로 100대는 태운 것 같다.

…그러고 보니 식량은 없는데 저 담배는 대체 어디서 생겨나는 걸까. 담배를 입에서 뗀 적이 없는 것 같은데, 떨어질 기미가 안 보인다.

나는 잡생각을 밀어 넣은 채 스킬을 발동했다.

**샘물의 동쪽** 243

[스킬 '허세왕의 교섭' 발동!]
[상대는 교섭 시 지능(Intelligence)이 -3만큼 낮아집니다. 지혜(Wisdom)이 -2만큼 낮아집니다.]

전설의 허세왕이 되고, 내 본신 레벨도 높아지면서 생긴 스킬! 이 스킬을 쓰면 상대는 내 허세의 기운에 말려들어서 지능과 지혜가 낮아지게 된다. 나는 여전히 허세 웃음을 지으며 말했다.

"그럼 육포를 아침에 4개, 저녁에 3개를 줄게."

머리가 나빠졌으니까 이 정도면 따라오겠…

[ 끼익끽끽끽끽( 말이 되냐 안 따라가! ) ! ! ]

"……."

안 통하다니!

왠지 이 녀석은 그냥 화를 내고 싶어서 내는 것 같다. 아니면 단순히 욕심쟁이일지도 모른다. 나는 이놈의 단순한 생각을 읽어 내고는, 손쉽게 다음 행동을 결정할 수가 있었다.

나는 아쉬운 표정을 지으며 고개를 돌렸다.

"싫으면 그냥 굶던가."

터억.

그러자 레드 에이프가 내 어깨에 손을 턱 올렸다. 힐끔 뒤돌아보자, 레드 에이프는 상큼하고 호감 가는 미소를 짓고 있었다.

[ 끼익끽끽끼( 자네 왜 그렇게 서두르나). ]

"……."

뭐야, 이 자식.

내가 황당해하고 있을 때 레드 에이프가 엄지로 자기 자신을 가리키면서 활발하게 말했다.

[ 끼이익끼끼낀( 좋아, 내가 따라가 주지! ) ! ! ]

"…뭐 아무래도 상관은 없는데."

처음부터 이놈을 우리 편으로 만들려고 했지만, 놈이 이런 성격일 줄은 몰랐다. 뜻밖에 밝고 활달한 놈이다. 왠지 남자판 그랑시엘을 만난 느낌에 나는 머리를 긁적이다가 말했다.

"레드 에이프라고 하면 길어서 귀찮으니까, 레드라고 부를게. 괜찮냐?"

[ 끼이익( 좋다 ) ! ! ]

레드는 자기 명칭에 만족하고는 고개를 끄덕였다. 그래도 에이프(원숭이)라고 하는 것보단 낫겠지. 옆에서 담배를 피우던 훅스 씨가 말했다.

"보통 이런 던전에서 아군을 만드나? 역시 너는 볼 때

샘물의 동쪽 245

마다 재밌는 놈이다."

재밌다는 말이 듣기 싫어서 나는 혹스 씨에게 항변했다. 왠지 던전에 오랫동안 있어서인지 신경이 날카로워져 있다.

"그리 보기 재밌으라고 하는 건 아닌데요. 어차피 던전에서 싸우는 거, 아군이 하나라도 더 있으면 좋잖아요."

[ 끼익끽( 뭐야 뭐 ) ? ]

레드가 고기를 먹다가 힐끗 쳐다보았다. 혹스 씨는 담뱃재를 털면서 큭큭 웃었다.

"아. 나쁜 뜻으로 말한 건 아니다. 그냥… 금은보화를 갖다 바쳐도 콧방귀도 안 뀔 놈을, 육포 조각으로 꼬시는 걸 보니까 신기해서."

그게 뭐가 어렵단 말인가?

나는 혹스 씨의 말이 이해가 되지 않았다. 어떤 대상이든지 원하는 게 있다. 그 원하는 것만 들어준다면, 자기편으로 만드는 건 쉬운 것이다.

이건 딱히 레벨업 때문에 생긴 능력이라기보다는 태어날 때부터 갖고 있던 감각이다. 대화를 하다 보면 상대가 원하는 것이 직감적으로 느껴지는 것이다. 내가 유일하게 가지고 있던 특기다.

나는 레드에게 물어보았다.

"레드. 너는 이 동쪽 동굴의 끝까지 가 본 적 있어?"

레드는 고개를 절레절레 저었다.

[끼익끼긱끽(없다! 중간까지는 가 봤는데 그 이상은 무서워서 못 가 봤다).]

"뭐래는 거야."

"무서워서 끝까지는 가 본 적 없다는데요."

졸지에 통역사가 되어 버렸다. 혹스 씨는 내 통역(?)을 듣더니 턱 밑을 긁으며 곤란한 표정을 지었다. 앞으로가 마땅히 좋아 보이지 않기 때문이다.

"이거이거. 생각보다 엄청난 곳에 들어와 버렸군."

"네?"

"레드 같은 존재가 두려워할 만한 생명체는 이 세상에 단 하나밖에 없지."

쿠웅.

저만치에서 거대한 발자국 소리가 들렸다. 나는 다가오는 존재를 빠르게 감지하고는 어이없는 표정을 지었다. 옆에 서 있던 레드는 무슨 일이냐는 듯 눈만 말똥말똥 뜨고 있다.

혹스 씨도 그 존재를 깨달은 듯, 나이트메어를 강하게 잡았다. 그는 이 던전에 들어온 이후 처음으로 [제대로] 긴장하는 것 같았다. 혹스 씨가 장난스럽게 내게 물어왔다.

"드래곤하고 싸워 본 적 있냐? 나는 3승 1무 1패."

쿠웅.

발소리는 더욱 가까워졌다. 그제야 레드도 다가오는 적의 정체를 알아차렸는지 표정이 일그러졌다. 레드 입장에서도 부담스럽기 짝이 없는 상대일 것이다.

나는 홋 하고 웃으며 여유롭게 답해 주었다. 이래 봬도 나도 드래곤 슬레이어가 될 뻔한 몸이다.

"1패씩이나 되세요? 저는 1승 0패인데."

"허, 그래. 좋겠다."

헛웃음을 흘린 혹스 씨는 팔을 휘휘 돌리더니 긴장감 섞인 목소리로 중얼거렸다.

"오늘 전적에 1패씩 추가하지 않기만을 바라야지."

"그러게요."

1패가 추가되는 순간, 우리는 영혼도 남기지 못하고 드래곤에게 죽게 될 것이다.

[ 우끼끼끼끼 ( 망했다! 고기 몇 점에 웬 고생이야! ) ! ! ]

레드가 울상을 지었다. 그래도 방금 자기 입으로 한 약속을 철회할 수는 없는지, 녀석도 여의금고봉을 꺼내며 전투 자세를 잡았다. 레드는 드래곤이라고 해서 마냥 무섭다고 도망칠 수준은 아닌 것이다.

크르르르.

100미터나 떨어진 곳에서도 그 존재의 실루엣이 희미하게 보였다. 입가에서 내뿜는 것이 수증기가 아니라 마력이란 건 알고 있다. 전신의 크기가 십여 미터에 이르는 거대한 놈이다.

거대한 몬스터는 많이 보았지만, 누구도 저놈에 비할 바는 되지 않는다. 다른 수왕류와 달리 드래곤은 크기 때문에 강한 게 아니기 때문이다. 지상의 어떠한 종족보다 강인하며 현명한 지고(至高)의 존재.

쿠웅.

다음 발걸음이 떨어지자, 던전 전체가 마치 지진이라도 울린 것처럼 떨렸다. 놈의 무게 때문이 아니라, 일부러 마력을 실어서 가볍게 진동을 일으킨 것이다. 이 진동에서 상대가 우리를 의식하고 있다는 사실을 알 수 있다.

이윽고 거리가 더욱 가까워졌을 때, 파충류의 비늘이 어둠의 역광을 비추며 번득거렸다. '그것'은 기다란 목을 위로 빼며 우리에게 텔레파시를 보냈다. 내가 만났던 시스테마인과 같은 행동이다.

―인간을 보는 건 정말 오랜만이군! 나는 블랙 드래곤 므나쎄 비아즈타. 이누타브의 명령으로 샘물의 동방을 수호하고 있노라!!!

그와 동시에 내 눈에 므나쎄 비아즈타의 능력이 보였다. 창은 심상치 않음을 경고하듯 붉은색으로 물들어 있었다.

### 므나쎄 비아즈타(블랙 드래곤)

Lv. 20 소서러
Lv. 10 고대 종족
Lv. 17 말키스 드래곤
Lv. 16 정령술사
HP : 6,455
MP : 7,829

지금까지 보아 왔던 어떤 적보다 HP와 MP가 높다!
쿠오오오.
드래곤 피어(Dragon Fear)!!
예고 없이 놈이 포효하자 전신이 저릿저릿해지면서 몸이 허공에 붕 떴다. 시스테마인의 것과는 다르게, 므나쎄의 드래곤 피어는 실제로 음파의 파장이 되어서 우리에게 날아왔다.
정신이 빠각빠각 갈려 나가는 것 같다.

발을 대지에 박아 놓고 버텼지만 연이어서 온몸이 섬
거리는 공포가 엄습해 왔다. 전신의 털이 꼿꼿해지면서
몸속의 피가 차가워지는 것 같다.

### 드래곤 피어Dragon Fear 시전!
공포 체크 개시!

우지지직.
'이, 이 자식 피어… 그리 강하진 않군.'
예상보다는 견딜 만하다.

나는 그렇게 생각하며 이누타브 블레이드를 스윽 들었
다. 시스테마인의 드래곤 피어와는 달리 물리 공격력이
있지만, 실제로 정신에 미치는 파괴력은 훨씬 떨어진다.
시스테마인의 드래곤 피어가 훨씬 위협적이다.

아무래도 블랙 드래곤은 골드 드래곤보다 격이 떨어지
는가 보군.

그건 다른 사람들도 느꼈는지, 이내 훅스 씨와 레드도
정신을 차렸다. 레드는 드래곤 피어 때문에 자신이 밀려
난 게 분했는지 괴성을 지르며 뛰어들었다.

[ 우끼이이이( 이 파충류 새끼가 ) ! ! ]

스킬 '십육분신' 시전!

부우우웅.

삽시간에 레드의 신형이 마치 밤그림자처럼 주욱 늘어나면서 분신들이 생겨났다. 연이어서 혹스 씨도 하단으로 짓쳐 들어가며 나이트메어에 검기를 응축시켰다.

대륙에서도 알아주는 강자들의 합공!

"잠시."

나는 일단 주문을 준비하면서 상황을 지켜보기로 했다. 직접 공격을 할 수 있는 게 두 명이나 있으니 내가 마법사 겸 리더 역할을 하는 게 낫다. 내가 다시금 6클래스 빙계 주문, 글래셜 스트라이크를 준비할 때였다.

블랙 드래곤 므나쎄가 킬킬거리며 웃었다.

[ 어리석은 것들. 크합!! ]

므나쎄는 레드의 분신이 여의금고봉을 날려오자마자 그 육중한 몸을 크게 뒤틀며 꼬리를 휘둘렀다. 그 동작은 십여 미터에 이르는 거대한 몸이라고 생각하기 힘들 정도로 빨랐다.

슈콰아악.

레드의 분신 두 개가 찢겨 나가고, 거기에서 생겨난 풍압 때문에 나머지 분신들이 허공에서 밀려 나갔다. 레드의 본체가 여의금고봉을 늘여서 내려치려고 하자 므나쎄는 가히 질풍 같은 속도로 손톱을 뻗었다.

전투에 익숙한 놈이다!

레드는 므나쎄의 손톱을 급히 여의금고봉으로 막아 내었지만, 므나쎄의 입에서 독액이 분수처럼 뿜어 나오자 괴성을 지르며 도망쳤다. 찰나지간에 산성 브레스가 뿜어져 나온 것이다.

[ 끼에엑끼—!! ]

뭐, 뭐가 저렇게 빨라?!

보통 사람의 눈에는 검은 덩어리가 휙휙거리는 것밖에 보이지 않을 정도로 빨랐다. 전설로만 알려진 드래곤의 움직임과는 천양지차다. 시스테마인보다 좀 더 빠르다.

드래곤은 사실 엄청나게 민첩한 종족인 것이다. 인간이나 엘프 따위는 상대도 안 될 정도로!

므나쎄가 레드를 상대하는 사이에 공간을 좁힌 훅스 씨가 허공에 검을 휘적였다. 그리고 끈끈하게 이어진 검기가 시꺼먼 빛을 내며 형태를 만들어 냈다.

### 필살기必殺技

레벨 4
악몽인(Nightmare Blade) 시전
대상 생명 체크 성공!
치명타 체크 실패!

 이전에 페드라크의 폭주체를 없애 버린 그 기술이다! 그물처럼 변한 검기는 한 점에 집중되더니 므나쎄의 배를 뚫어 버릴 것처럼 날아들었다. 그 속도는 워낙 빨라서, 막 지상에 내려앉은 므나쎄는 절대 피할 수 없었다.
 터터텅.
 그러나 악몽인은 므나쎄의 몸에 도달하지 못했다. 쟝팍한 소리와 함께 자동으로 떠오른 주문 방어막이 깨지면서 므나쎄를 보호한 것이다! 혹스 씨는 익히 예상했다는 듯 재빨리 뒤로 물러섰다.
 쿠콰악.

블랙 드래곤 브레스Black Dragon Breath 시전

훅스 씨가 서 있던 자리에 산성 브레스가 쏟아지면서 반경 5미터짜리 크레이터를 만들어 내 버렸다. 역시나 바닥이 보이지 않을 정도로 파 내려갔다. 그러면서도 므나쎄는 순식간에 주문을 외워 대었다.

쿠구궁.

놈의 몸 주변에 다시 방어막이 생겨나는 데는 3초도 걸리지 않았다. 눈으로 보고도 믿을 수 없을 정도의 마력이었다.

훅스 씨가 공중제비를 뛰며 내 뒤쪽으로 와서는 급히 말했다. 브레스는 피했지만 겉소매가 맹독에 절어 있었다.

"뭐야, 드래곤 처음 보나! 저건 에인션트 드래곤이 아니라 말키스(Marquis)급이니까 그럭저럭 이길 수도 있을 거다!!"

너무 태연한 말투다.

이런 놈이란 건 예상했다는 겁니까?!

"윽, 그게!!"

나는 기가 막혀서 소리를 질렀다. 내가 봤던 드래곤, 시스테마인은 성룡급이었다. 드래곤 자체가 전설로만 알려진 종족이지만, 시스테마인만 해도 공포스럽기 그지없는 놈이었다.

그런데 성룡급보다 한 체급 위인, 말키스 급이라니! 마력으로는 9클래스 마도사와 동등하다는 상급 용을 보게 되자 정신이 나갈 것 같다.

이런 전투에서는 허세고 뭐고 필요 없다. 상대는 전혀 대화할 의사도, 내 얘기를 들을 여유도 없어 보였다. 오로지 신의 대행자로서 우리를 죽일 생각에 가득 차 있는 것이다.

"에라이, 폴라 버스트(Polar Burst)!"

6클래스의 상급 빙계 주문이 내 손에서 광선처럼 퍼져 나왔다. 내 마법 숙련도가 발전하면서, 원래 범위 주문인 것도 방출 주문처럼 쓸 수 있는 것이다. 므나쎄는 힐끗 내 주문을 보다가 크게 날개를 회쳤다.

퍼엉!

날갯바람에 닿은 내 주문은 허공에서 폭음을 내며 사라져 버렸다. 아니, 아무리 그래도 6클래스씩이나 되는 주문인데 그렇게 쉽게?!

하지만 이내 시스테마인을 떠올리곤 수긍했다. 그 놈의 비늘도 7클래스까지 통하지 않았다. 놈이 말키스급 드래곤이라면 더하면 더했지, 약하진 않을 것이다.

므나쎄가 비웃듯이 텔레파시를 보내 왔다.

―크ㅎㅎㅎ. 그 따위 주문으로?

…뭐라고, 이 자식이!! 졸지에 놀림을 당하자 머리에 약간 핏줄이 솟아올랐다.

"그따위 주문이라서 미안하다!!"

그래도 나름대로 높은 레벨이라 조롱당할 정도는 아니다. 순간 열 받은 나는 '마법 공격'으로 저놈을 쓰러뜨리기로 마음먹었다.

두고 보라고.

템페스트 능력에서 이제 레벨업을 쓰면….

그때 독액을 뒤집어썼던 레드가 근두운을 타고 휙 하고 우리 앞에 나타났다. 녀석의 머리털은 거의 다 벗겨져 있었고 연기가 피어올랐지만, 웬일인지 부상은 없어 보였다.

레드가 신경질적으로 외쳤다.

[ 끼익끽끽 ( 해치우자 ) !!! ]

"야, 잠깐!!"

파박.

내가 뭐라고 하기도 전에 레드는 재차 십육분신을 쓰면서 뛰쳐나갔다. 그러고는 분신을 사방팔방으로 흩으면서 므나쎄의 시선을 현혹시키는 데 주력했다. 역시 속도

하나만큼은 알아줄 만하다.

[이 원숭이가!!]

그 방법은 의외로 효과가 있는지, 므나쎄는 레드의 분신을 신경 쓴다고 섣불리 공격을 해 오지 못했다. 그사이에 훅스 씨도 뛰어들며 소드 오오라를 날렸다.

스캉.

소드 오오라의 위력 덕분에 방어막이 어느 정도 잘려 나갔지만, 이내 재빨리 므나쎄가 소드 오오라를 피해 버리니 이야기가 되질 않았다. 역시 여기에선 내가 뭔가를 해 줘야 하는 것이다.

나는 제자리에 서서 심호흡한 후 중얼거렸다.

"레벨업."

역시 내겐 이것밖에 없다.

### 템페스트 마법계 능력 각성.

현재의 템페스트 레벨인 12에 마법 레벨을 적용하기 위해서는 9,827,847의 경험치가 필요합니다. 경험치를 투자하시겠습니까?

나는 씨익 웃었다.

"레벨업."

템페스트 레벨을 올리면 검과 마법을 동시에 익힐 수 있지만, 나는 빠른 레벨업을 위해서 검술계 능력에만 집중해서 경험치를 투자했다. 그 때문에 마력은 늘어났어도 마법 수준은 여전히 6클래스 마스터에 머물러 있었다.

하지만 이제 마법계 능력을 활성시키고 경험치를 투자했으니— 내 마법 실력은 급격히 향상되는 것이다! 지금까지 막혀 있던 벽이 터져 나가듯이 뚫렸다.

[6클래스의 벽을 넘었습니다. 7클래스(Wizard)가 되신 것을 축하합니다! 정식 위저드의 호칭을 인정받았습니다.]

위저드의 칭호를 받자마자 내 전신의 체력과 마력이 한 차례 회복되었다. 레벨업 효과가 이제야 나타나고 있었다.

[7클래스 마스터가 된 것을 축하합니다!

마스터 달성으로 지능(Intelligence)이 4 향상되었습니다. 4클래스 이하의 주문을 사용할 때 마력 소모가 절반으로 줄어듭니다.]

[7클래스의 벽을 넘었습니다. 8클래스(Archmage)가 되신 것을 축하합니다! 정식 대마도사의 호칭을 인정받았습니다.]

쿠구구구구구.

내 전신에 흩어져 있던 마력이 맥문을 타고 급격히 팽창하는 게 느껴진다. 고작해야 900대에 불과하던 MP가 순식간에 1,000대를 돌파하며, 내 머릿속에 7클래스의 마법 지식이 꽉꽉 채워졌다.

 수십 년간 마법 수련만 한 사람과 맞먹을 정도의 방대한 지식 정보량! 거기에다가 왠지 모를 고대어 마법과 룬 마법까지 깃들어 있어서, 이제 마법으로 어디 가서 꿀리진 않을 정도가 되었다.

 8클래스 대마도사!!

 전 세계를 통틀어 스무 명도 되지 않는다는 마법의 종사가 된 것이다. 혼자서 마법학파를 세워도 될 만한 수준의 대마도사가 되었다. 나는 그 사실이 실감이 나지 않아서 눈을 껌벅거리며 내 주변을 돌아다니는 마력을 둘러보았다.

 지금까지와는 다른 강대한 마력이 느껴지자 자신감이 일어났다. 그리고 이내 주먹을 불끈 쥐며 씩 웃었다.

 "레벨-업!!"

 그제야 템페스트 Lv. 12의 균형이 모두 맞춰지면서, 나는 8클래스 익스퍼트의 수준까지 뛰어오르게 되었다. 이것으로 궁극 마도사를 제외하곤 누구도 나를 마법으로 이길 수 없다.

 마력량이 모두 채워진 걸 느끼자, 나는 모두가 한창 싸우고 있는 전장으로 한 손을 뻗으며 주문을 외웠다. 우선은 놈의 마법 방어막을 뚫어야 한다.

"나, 부르노라. 붉은 얼굴 한 그루 봄나무, 흐르는 세월은 한 번의 북질. 옛 사람들은 혼돈 속에서 가고 돌아오지 않으니—"

이름 하여 대뢰신주(Grand Lightning Spell)!

이 주문도 레벨업 하면서 자동으로 알게 되었다.

부글거리면서 내 손 끝에서 번개가 튀어 올랐다. 그때 므나쎄가 내 마력을 감지했는지 이쪽을 잠시 돌아보았다. 놈의 눈빛에 살기가 어려 있어서, 곧 공격해 올 거라는 사실을 알 수 있었다.

각오해라, 검은 도마뱀 새끼.

나는 천천히 주문을 이었다.

이럴 때일수록 침착해야 한다. 주문이 실패하면— 예전에 내게 진 센마 같은 꼴이 되어 버리고 만다. 다행히 내 집중력은 현자급 수준이었다.

"아침에 불사조를 타고 하늘에 오르고 저녁에 바다를 보니 흰 파도가 일어나니!!"

퍼엉 하는 소리와 함께 므나쎄가 갑자기 하늘로 급격히 솟아올랐다. 놈은 계속해서 레드와 훅스 씨가 견제하자 한 방에 브레스를 쏘아 낼 작정인 것이다.

파지지직.

"간다."

하지만 나는 주문 영창을 다 끝내고 놈을 겨누고 있었다. 전신에서 들끓는 마력이 내 손가락 끝에서 빛의 창살이 되어서 상대의 심장을 꿰뚫으려 하고 있다.

이윽고 모인 마력은 창날처럼 변해서 내 손가락에서 살짝 벗어났다. 나는 그와 동시에 마지막 시동어를 외쳤다.

"와라, 정령의 뇌신! 라이트닝 프롬 더 헤븐(Lightning From the Heaven)—!!!"

콰르릉.

그리고, 대지 아래에 있는 이 던전의 천정을 뚫고 한 줄기의 뇌전이 내 앞에 떨어졌다. 마치 커다란 활처럼 생긴 뇌전이 시퍼런 빛을 뿜어내며 내 손을 기다리고 있었다.

간다, 도마뱀!

티리링.

나는 활줄 없는 활을 잡으며 손을 쭉 늘였다. 그리고 다른 손으로 활줄을 잡듯이 마력을 잡아채었다. 잔뜩 긴장해서 팽팽하게 되어 있는 활줄을 당기는 순간이었다.

———

삽시간에 전방은 빛으로 가득 차서 아무것도 보이지 않게 되었다. 내 손끝에서 수십만 개의 전광(電光)이 터져 나가면서 잠시 동안 눈이 멀어 버렸기 때문이다. 내 건강 수치가 높지 않았다면 몇 분간은 시력이 사라져 버렸을 것이다.

콰쾅!!

하지만 8클래스 후반의 최강 주문, 라이트닝 프롬 더 헤븐의 위력은 확실히 발휘되었다. 초음속으로 발사된 수십만 개의 빛의 화살은 므나쎄의 마법 장벽을 한순간이지만 모두 박살 내 버렸기 때문이다.

열 개나 되는 방어막이 유리처럼 깨지는 광경이 환상처럼 보일 지경이다. 저것들 하나하나가 5클래스도 넘는 방어 주문이다.

덜컹.

떠오른 므나쎄는 브레스를 발사하려고 하다가 장벽이 깨지면서 몸이 밀리자 비틀거렸다. 놈은 적지 않게 당황하는 기색이었다.

[이런!! 갑자기 저런 주문이?!]

아무리 드래곤이라도 8클래스 최강 주문은 무시할 수 없다! 놈은 재차 마법 장벽을 세우려고 했지만, 그 때는 이미 기회를 노리고 있던 레드와 훅스 씨의 공격이 연타해 오고 있었다.

레드의 여의금고봉이 무지막지한 힘을 담고 드래곤 스케일을 벗겨 낼 듯이 때리고, 훅스 씨의 나이트메어가 소드 오오라를 담고 뱃거죽을 찌른다!

 콰직.

 드래곤 스케일의 방어력이 대단하다지만, 이 자리에 모인 것은 대륙 전체에서도 최상급 전사들이다. 므나쎄는 여의금고봉 한 방에 커다란 덩치나 날려가다가, 이내 소드 오오라의 파괴력을 이기지 못하고 비명을 질렀다.

 [허으어억!!]

 이윽고 소드 오오라가 므나쎄의 배를 쑤셨다.

 지상의 모든 것을 베고 부숴 버리는 것이 바로 소드 오오라(Sword Aura). 드래곤 스케일이라고 해도 그 공격을 감당해 낼 수는 없었다.

 [끄아아아아!!!]

 쿠구궁.

 므나쎄의 거대한 동체가 던전 한구석에 처박혔다. 놈은 안간힘을 써서 움직이려 했지만, 벌써 저놈의 HP는 절반이나 사라져 있었다. 하긴 저 공격을 맞고도 아직 버티고 있다는 게 괴물이다.

 나는 이누타브 블레이드를 들고 놈에게 달려갔다. 몸이 공간을 가르고 쭉쭉 나아갔다. 이제 마력은 0이지만, 저놈에게 치명타를 먹이는 것 정도는 어렵지 않다!

 내가 달려오는 걸 본 므나쎄의 마음속이 새하얗게 질렸다. 충격 때문에 움직일 수 없을 때, 내가 정수리를 내려치면 머리가 깨질 게 뻔하기 때문이다.
 [ 자, 잠깐! ]
 "뭐 어쩌라고!!"
 나는 므나쎄의 말을 깨끗이 무시한 채 점프해서 참격을 꽂아 넣었다. 놈이 머리를 뒤튼 바람에 뿔에 막혔지만, 므나쎄의 뿔은 괴팍한 소리를 내며 부서져 나갔다.
 빠가각.
 [ 크아아아악!! 하, 항복!! ]
 철퍼덕.
 므나쎄는 그 말을 하자마자 배를 드러내며 누워 버렸다. 재차 공격해 오던 혹스 씨와 레드는 그 모습에 잠시 멈춰 섰다. 놈에게서 살의가 사라진 걸 느꼈기 때문이다.
 멈칫.
 나도 정수리를 깨려다가 한 치 앞에서 검을 멈췄다. 그리고 이누타브 블레이드를 어깨에 올리면서 피식 웃었다.
 "파충류인 줄 알았는데 개였구만."
 저 자세는 강아지의 항복 포즈다.
 [ 크윽. 멋대로 지껄여라… 제길. ]
 굴욕감을 참지 못하던 므나쎄가 무언가 주문을 중얼거렸다. 그 주문은 내가 예전에 한 번 본 적이 있었다.

대상 폴리모프(Polymorph) 시전

슈슈슉.

이윽고 므나쎄의 전신이 급격히 줄어들었다. 육안에 보일 정도로 확실히 줄어든 므나쎄의 몸은 사람만 한 크기로 변했다.

변화가 끝나자 환한 빛이 흘러나왔다.

그 자리에는 딱 십 대 중반으로 보이는 흑발 여자애가 자기 머리를 감싸 안은 채 울상을 짓고 있었다. 척 보기에도 엄청난 미모에 매력도 대단해서, 그 아이가 므나쎄란 걸 알 수 있었다.

흑발 여자애, 므나쎄는 이를 갈며 말했다.

"으득… 너희들 용서하지 않겠어."

저런 귀여운 얼굴로 그런 말을 해도 실감은 안 난다. 더욱이 방금 전까지 드래곤 피어를 겪었으니 재롱에 불과한 것이다. 나는 심드렁한 눈으로 므나쎄를 바라보며 말했다.

"기세등등하게 나타나 놓고 이제 와서 항복했으면 좀 얌전하게 있으라고."

"윽."

므나쎄는 내가 다가가자 무서운 듯 한 걸음을 뒤로 물렀다. 레드는 그런 므나쎄에게는 흥미 없는지, 아까 내게서 받았던 생육포를 우물거리기 시작했다.

뭔가 생각하고 있던 훅스 씨가 므나쎄를 바라보며 질문했다. 그는 아까 전투에서도 그리 전력을 다하지는 않았다.

"궁금한 게 있소, 므나쎄 비아즈타. 당신은 혹시 키시노 비아즈타와 피를 나눴소?"

제5장
# 세이브 포인트

"으, 인간! 너는 키시노를 아는가."

영문을 알 수 없는 질문이었지만 뜻밖에 므나쎄는 강하게 반응했다. 호기심과 신기함이 반쯤 섞인 시선이 훅스 씨를 향했다. 훅스 씨는 고개를 끄덕이며 말했다.

"그렇다면 당신은 지금 키시노가 살아 있는지, 죽었는지 알고 있겠군."

"물론이다."

"가르쳐 주시오."

훅스 씨의 말에는 간절함이 깃들어 있었다. 므나쎄 비아즈타는 기묘한 미소를 지었다. 드래곤 특유의 오만함이 말투에 뚝뚝 묻어 나왔다.

"내가 어째서 너희에게 그걸 가르쳐 줘야 되지? 키시노는 드래곤이지만 우리 일족이 아니다. 내 피를 나눠 받아서 살아가는 것이니 내 부하나 다름없어."

철컹.

그 순간 내 검이 므나쎄의 목에 드리워졌다. 기세를 죽이기 위해서 위협하는 것이다. 물끄러미 나를 노려보던 므나쎄는 입을 꾹 다물었다.

아무래도 자신의 프라이드가 걸린 문제라서, 죽음도 불사할 것 같았다.

나는 검을 거두지 않은 채 훅스 씨에게 물었다.

"키시노라면, 전에 골든프릭스에서 두 번째로 강하다던 사람 맞죠?"

"맞아. 그리고… 내 옛 애인이지."

"……네?"

훅스 씨의 약간은 힘없는 대답에, 나는 벙찐 표정으로 그를 바라보았다. 므나쎄는 약점을 잡은 듯한 미소를 짓기 시작했다. 입꼬리가 말려 올라간다.

그러고는 거침없이 말을 이어 나갔다.

"불쌍하니 가르쳐 주지, 강한 인간이여! 키시노는 지금 살아 있다."

"지금 그녀는 어디에 있는가?"

"후후후후후."

므나쎄는 기묘한 미소를 지었다. 아무래도 이 녀석은 지금, 우리 모두를 놀려 먹을 작정을 하고 있다. 마음을 읽어 보자 이걸 빌미로 우리들에게 역습을 가할 작전을 짜고 있는 것이다.

나는 주의 깊게 므나쎄의 마음속을 읽어 보았다. 질문에 기억이 자극받아서, 해답은 금방 튀어나왔다.

'키시노는 지금 시간의 정령 때문에 승천 최종의 도시 최하층에 갇혀 있다. 드래곤조차 신의 결계를 뚫지 못하니, 그녀는 평생토록 그곳에 잠들어 있으리라.'

금방 알아내 버렸다!

"헤에."

아무리 생각해도 이 능력은 편리하다. 그래서, 인간관계가 끊어지는 걸 알면서도 쉽게 포기할 수 없다. 모험이 끝날 때나 이 능력을 포기하게 될까?

나는 훅스 씨에게 말했다.

"훅스 씨, 대충 하고 가죠."

"아, 그렇군."

내가 훅스 씨에게 눈치를 주자, 훅스 씨도 알아들은 듯 선선히 물러났다. 훅스 씨도 내게 마인드 리딩이 있다는 사실을 알고 있다. 내가 방금 키시노가 있는 장소를 알아냈단 걸 눈치챈 것이다.

상황이 자기 생각과 다르게 흘러가자 므나쎄의 눈이 날카로워졌다. 어떻게든 우리를 구슬리려 했겠지만 실패한 것이다. 나는 그런 므나쎄에게 조용히 물었다.

세이브 포인트 273

"가르쳐 줘. 대체 이 동쪽 끝에 뭐가 있길래 너 같은 말키스 급 드래곤이 일개 수호자로 머물러 있는 거지?"

"…항복은 했지만, 내 입으로 가르쳐 줄 순 없다."

"왜 안 돼? 알량한 드래곤의 자존심 때문이냐."

"……."

므나쎄는 입을 꾹 다문 채 나를 올려다보았다. 살기 넘치는 표정이라서 원래라면 무서울 것이다. 하지만 흑발 미소녀가 저러고 있으니 귀여울 뿐이었다. 머리라도 쓰다듬어 주고 싶다.

나는 그 틈에 재차 므나쎄의 생각을 읽었다.

'이 빌어먹을 인간 놈이! 이누타브의 권능 때문에 말하는 순간 내 마법력을 잃고 마는데, 너 같으면 말할 수 있겠느냐!'

발설하면 모든 마력을 잃는 저주가 걸려 있다.

"흐음."

더 캐물으면 어떻게든 마인드 리딩으로 알아낼 수 있을 것 같지만, 드래곤의 정신은 생각보다 더욱 복잡하고 견고하다. 계속 캐묻다가는 내 능력을 들켜 버릴 가능성이 높다.

아무래도 므나쎄도 자기 의지로 여기 있는 건 아닌 것 같았다. 동방신 이누타브가 제약을 걸면서까지 말키스 급 드래곤을 수호자로 놔둔 것이다.

그리고 그 말은— 이 동굴 끝에 있는 것이 그만큼 중요하고 대단한 물건이란 뜻이다. 우리 눈치를 읽던 므나쎄가 수상하다는 듯 말했다.

"너희들은, 대체 여기엔 왜 온 것이냐? 나도 노움 신관들이 기어들어 오지 않아서 조용히 지내고 있었다. 너희 정도면 대륙에서도 강자로 불릴 텐데 뭐가 아쉬워서 이런 오지로 기어들어 왔느냐."

므나쎄의 의문은 지당한 것이었다. 실제로 훅스 씨는 대륙의 십대검호로 불리는 사람이었다. 이런 곳에서 몬스터 사냥이나 하고 있을 이유가 없는 것이다. 훅스 씨가 약간 허스키한 중저음으로 대답했다.

"모험자에게 많은 걸 바라지 마시오. 우리는 그저 미지를 찾아서 떠돌 뿐이니."

그러자 므나쎄는 예의 기묘한 미소를 지으며 말했다. 어쩐지 고소해하는 얼굴이다.

"그렇다면 너희는 이 끝에서 허무를 느끼겠구나."

"무슨 뜻이지?"

"너희들이 알아내 보거라."

므나쎄는 조막만 한 손을 옴지락거리면서 팔짱을 꼈다. 흑발 미소녀가 프릴드레스를 입은 채 거만한 표정을 짓고 있는 모습은 장관이었다. 뭔가 깨물어 주고 싶을 정도로 귀엽다.

"내가 마지막 파수꾼이다. 쭉 가면 동굴의 끝이 나올 것이다. 이젠 너희 목적을 달성하러 가거라."

"다행이군."

나는 안도의 한숨을 쉬었다. 말키스 급 드래곤보다 더 대단한 게 있다면—그게 에인션트 드래곤이라면—도저히 감당해 낼 자신이 없다. 지금도 장소가 좁은 곳이라서 우리에게 유리했을 뿐, 넓은 장소라면 우리 셋이 므나쎄를 이긴다는 보장이 없다.

드래곤 브레스!

드래곤이 하늘로 활공한 다음에 브레스와 마법을 퍼부으면 방법이 없다. 점프해서 공격할 순 있겠지만 압도적으로 불리해진다. 이곳이 좁은 동굴이었기에 다행이었다.

우리는 므나쎄를 놔두고 전진하려고 했다. 나는 그때 문득 생각나는 게 있어서 므나쎄를 돌아보았다. 심심한지 쭈그려 앉아서 돌멩이를 갖고 놀던 므나쎄가 화들짝 놀랐다.

"왜, 왜, 왜 그러느냐."

"아니 지금 생각났는데."

나는 머리를 긁적이면서 내 생각을 말했다.

"드래곤이면 레어(Lair) 같은 거 없냐? 그 둥지 안에 금은보화와 마법서, 진귀한 보물이 가득 들어차 있다는데."

"……"

"말키스 급 드래곤이니까 그런 거 있을 것 같아서."

나는 기대감에 싸여서 므나쎄를 초롱초롱한 눈으로 쳐다보았다. 드래곤의 보물은 한 나라를 사고도 남는다고 들었다!

기가 막히다는 듯 나를 쳐다보던 므나쎄는 진심으로 화난 표정을 지었다. 옆에서 지켜보고 있던 혹스 씨는 자기 얼굴을 잡으며 '아이구, 맙소사' 라는 듯한 표정을 지었다.

므나쎄가 내게 돌멩이를 던지며 으르렁거렸다.

"빌어먹을!! 성왕이 설치기 전의 옛날에는 내 레어에서 살고 있었다! 그놈이 드래곤을 쫓아 대는 통에 모두가 하라빈타로 도망쳐서 레어라곤 남지 않았어!!"

"아니, 여기를 레어로 삼으면 되잖아."

"너 같으면 흉폭한 이누타브가 잠들어 있는 바로 옆에 둥지를 틀고 싶겠느냐!! 이 빌어먹을 인간 놈이 보자 보자 하니까!!"

쿠오.

### 드래곤 피어Dragon Fear 시전!
공포 체크 성공!

곧 므나쎄의 노여운 기운이 방출되어서 전신을 에리게 했다. 위력만으론 아까보다 더 강했다. 인간으로 폴리모프한 상태에서도 드래곤 피어를 쓸 수 있는 것이다.

나는 괜한 걸 질문했다는 걸 깨달았다.

이대로라면 죽음을 각오한 말키스 급 드래곤과 데스매치를 할지도 모른다. 그것만큼은 사양이다.

"아, 알았다. 미안. 그러면 질문을 딱 하나만 더 할게. 이게 진짜 마지막이다."

"진짜 마지막인 거지?"

속고만 살았냐.

"그래, 진짜로."

의심스러운 눈으로 나를 노려보던 므나쎄가 고개를 끄덕였다. 내 질문에 하나 정도는 솔직히 답해 줄 생각인 것 같았다.

"말해 봐라, 인간."

"혹시 시스테마인에 대해 알고 있냐? 알고 있다면 알고 있는 만큼 얘기 좀 해 줘."

"시스테마인이라고. 오호. 흐음."

내 질문에 므나쎄는 호기심 어린 표정을 짓다가, 이내 사악하게 입꼬리를 비틀었다. 누가 블랙 드래곤 아니랄까 봐 음흉함이 드러나 보였다. 잠시 생각하던 므나쎄가 말했다.

"천재지. 그리고 차기 드래곤 로드로 꼽히는 용재다."

"용재?"

"사람이 아니라 용이니까 용재."

"아…"

이런, 썰렁하다. 손발이 오그라든다.

듣고 있던 레드와 훅스 씨는 그 괴팍한 센스에 표정이 굳어져 버렸다. 웃기려고 말한 건 아니겠지만 괜히 민망해졌다. 므나쩨는 그런 기색을 눈치채지 못한 건지 계속해서 말했다.

"얼마 전에 하라빈타로부터, 시스테마인이 중상을 입었다는 소식을 들었는데— 그 인간이 바로 너로구나. 설마 했는데 이렇게 어린 인간일 줄은."

"하라빈타라고? 설마 용족끼리는 서로 연락하면서 지내는 거냐."

믿기지 않는 일이다. 므나쩨는 고개를 끄덕였다.

"서로 돕고 살아야지. 인간은 그런 이치도 모르나?"

"……."

그 말에 나는 경악했다. 전설에 듣기로 드래곤들은 극히 포악하고 오만한데다, 개인주의가 극에 이르러 있는 생물이었다. 오죽하면 성룡급이 다른 종족에게 죽어도 바보라며 무시했다는 말이 있을 정도였다.

그런데 말하는 걸 들어 보니 작은 부락처럼 오순도순 도우며 살고 있는 것 같았다. 역시나 내가 알고 있던 것과는 많이 달랐다.

이런 상황에서 드래곤 슬레이어라고 나대다가는 드래곤들에게 집중 포화를 맞아서 죽기 십상이다.

"시스테마인은 700살에 불과하지만 실력은 나와 비교해도 떨어지지 않는다. 최강의 용족인 금룡(Gold Dragon)인데다 반신의 권능 때문에 마력도 매우 높은 편이지."

므나쎄가 킥킥 웃었다.

"시스테마인의 원수가 되다니 애도를 표해 주마. 드래곤은 은혜는 몰라도 원수는 죽을 때까지 잊지 않는다."

"자랑이다."

은혜는 어디 놔뒀대. 내가 물어보자 므나쎄는 코웃음을 치며 한층 더 거만한 표정을 지었다. 당연한 걸 왜 물어보냐는 말투였다.

"은혜? 갚고 싶으면 갚고 아니면 아니고."

"……"

이 종족은 진짜 제멋대로구나.

저벅저벅.

므나쎄의 말대로 더 이상의 몬스터나 파수꾼은 보이지 않았다. 지금까지 우리가 쓰러뜨린 몬스터가 약 10여 종이란 걸 생각하면, 더 이상 있어도 곤란하다. 동쪽에 진입하고서 300마리도 넘게 죽인 것 같다.

육포를 뜯어 먹던 레드가 끽끽 웃었다.

[우끼끼끼(나도 용한테 이겼다)~!!]

레드처럼 천하벌거숭이라도 드래곤한테 이긴 건 꽤 자랑스러운 경험으로 보였다. 나와 훅스 씨는 드래곤의 저력을 알고 있으니 마냥 기뻐하긴 힘들다. 드래곤과 싸울 때는 반쯤 운으로 승패가 갈리기 때문이다.

나는 힐끔 전면의 동굴을 바라보았다.

'여긴 므나쎄의 침실이었군.'

말은 그렇게 해도, 므나쎄는 동굴 뒤편에서 자유롭게 살고 싶었는지 이것저것 신경 쓴 구석이 보였다. 몬스터의 배설물이나 시체는 보이지 않았고, 심지어 언데드의 사기(邪氣)조차 느껴지지 않았다.

아마 평소에는 폴리모프를 안 하고 본체 상태로 잠이라도 자고 있었는지, 땅이 움푹 패여 있었다. 이곳에 배를 깔고 십 년이고 백 년이고 잠만 잤을 것이다.

훅스 씨는 아까부터 복잡한 눈으로 무언가를 잔뜩 생각하고 있었다. 나는 힐끔 훅스 씨를 바라보았지만, 아직 뭔가 말해 줄 것 같진 않았다.

'기다리지 뭐.'

언제고 스스로 입을 열 때가 올 것이다. 나도 드래곤

에, 훅스 씨의 연인에, 골든프릭스의 2인자인 키시노가 어떤 사람인지 궁금하다.

대체 과거에 어떤 일이 있었던 것일까.

내가 더욱 신경 쓰이는 건 아까 읽었던 하나의 단어다. 이번에도 그 단어가 언급되면서 일을 하나로 묶기 시작했다.

'승천 최종의 도시.'

왠지 저곳에는 반드시 가야 할 것 같다. 무로스도 저곳을 주목하고 있었고, 훅스 씨의 옛 연인도 갇혀있기 때문이다. 내가 이런저런 생각을 하고 있을 때 훅스 씨가 불쑥 말을 꺼냈다.

"자네도 이젠 번듯한 숙적(肅敵)이 하나 생겼군. 기분이 어떤가?"

시스테마인 말이군. 나는 어깨를 으쓱했다.

"딱히 어떻거나 하진 않아요."

"앞으로 자주 느끼게 될 걸세."

훅스 씨는 담배를 입에서 뗐다. 그의 눈은 전에 없이 고요하게 빛나고 있었다. 나는 그 눈빛에 움찔해서 나도 모르게 표정이 굳어졌다.

"그런 적이 생겨나면, 둘 중 하나가 죽을 때까지는 그

인연의 고리에서 벗어날 수 없네. 서로를 무시해도 분명히 어딘가에서 다시 만나게 된다. 애증보다 더욱 심각하지. 그놈을 죽일 수 있을 때 확실히 죽여 버리게. 그것만이 유일한 해답일세."

"명심하죠."

나는 훅스 씨의 말에 고개를 끄덕였다. 그렇지 않아도 시스테마인 놈을 가만 놔두고는 내 인생이 편하지 않다. 그건 아마 놈도 마찬가지일 것이다.

다시 시스테마인과 만났을 때의 전투!

그건 아마 이전과는 꽤 양상이 다를 것이다. 나는 그때에 비해 실력이 급증했지만, 놈도 전혀 방심하지 않을 것이다. 다시 신기(神器) 벨페골 스타스트라이커와 만나면 어떻게 싸워야 할까?

쿠우우우.

점차 내부로 진입하자 빛이 사라지고 어둠이 짙어졌다. 여기서부터는 므나쎄도 관리하지 않는지 곳곳에 몬스터들의 시체와 해골이 널려 있었다. 기온이 낮고 습도가 거의 없어서인지 미라처럼 되어 있었다.

라미아, 웨어울프, 키메라 같은 마물들이 여기저기에 박제처럼 죽어 있는 걸 보자 기분이 섬뜩했다. 하나하나가 상급 마수들인데 왠지 저항 한번 못하고 죽은 기색이다.

죽음이 널려 있다.

[ 끼익( 뭐야 ) . ]

레드는 불쾌함을 느끼는지 자신의 벌건 면상을 찡그렸다. 이 자리에서 괴이한 살의를 느끼고 있는 것이다. 삽시간에 변화한 분위기에 우리 모두가 경계심을 돋우기 시작했다.

곧 빛이 사라지고 어둠만 남게 되었다. 동굴이란 게 이토록 길다고는 상상하지 못했다. 얼추 샘물부터 3km는 걸어왔는데도 아직도 끝이 보이지 않는 것이다. 나는 시야를 확인하기 위해서 손을 뻗었다.

부웅.

순식간에 3클래스의 세븐스 라이트(Seventh Light)의 주문이 시전되면서 일곱 개의 토치라이트가 주변에 떠올랐다. 주문도 수인도 없이 시전해 낸 것이다. 내가 8클래스에 진입했기 때문에, 4클래스까지는 마치 숨 쉬는 것처럼 사용할 수 있다.

"여긴 이누타브의 유적이 아니군."

"네?"

주변 동굴을 살펴보던 훅스 씨의 말에 조금 놀랐다. 점차 동굴 벽은 좁아지면서 종래에는 두 사람의 어깨가 닿을 정도가 되었다. 그런데 벽에 새겨진 기괴한 문양은 점차 빽빽해지고 그 내용도 선명해진 것이다.

훅스 씨가 그 벽화를 쓰다듬으며 말했다.

"블라스팅이 내 친구라서, 이누타브의 신어(神語)는 기초나마 알고 있다네. 그런데 여기에 쓰여 있는 것은 이누타브 신관들이 쓰는 언어가 아니야."

"그러면 이건?"

내 반문에 훅스 씨는 담배를 한 대 태웠다.

"나도 모르네. 그렇다고 다른 사방신의 것 같지도 않네. 말 그대로 처음 보는 글자로군."

"흐음."

이누타브의 봉인지 동쪽은 당연히 이누타브의 유적이어야 한다. 그런데 이누타브의 유적은 아니다. 그렇다면 누가 어떤 목적으로 벽화를 새긴 걸까.

저벅저벅.

저벅.

나는 걷는 도중에 [고고학]에 경험치를 투자해서 벽화의 내용을 읽어 볼까 생각했다. 하지만 지금 남은 경험치도 별로 없는데다, 대천문이 있는 이상 나중에라도 할 수 있다는 생각이 들었다.

그렇게 한참을 걷자 드디어 빛이 밝아왔다.

아마 이 동굴의 끝인 것 같았다. 이윽고 절벽처럼 깎아지른 빛의 입구에 도착하자, 놀라운 광경이 우리 눈앞에 펼쳐졌다.

"수정?!"

연병장 열 개를 합친 크기의 공간에 빽빽이 들어차 있는 크리스털!! 그리고 그 사이사이에 백금(Platinum)이나 황금(Gold)도 여기저기에 있었다. 거기에 잘 보이지는 않지만, 구리나 황동, 철광석 같은 광물도 여기저기에 지천으로 깔려 있었다.

그야말로 보석 천지!

도, 도대체 이게 돈으로 치면 얼마냐?!

나는 이게 므나쎄의 비밀 레어라고 생각했지만 고개를 저었다. 므나쎄는 진심으로 이곳에 레어를 만든 적이 없다. 이곳은 그저 자연스럽게 발생한 보석 동굴인 것이다.

므나쎄는 진작에 이 장소를 발견했지만 이누타브 봉인지 바로 옆이라 꺼림칙해서 레어 만들기를 관둔 모양이다. 드래곤은 레어가 생기면 애착 때문에 쉽사리 버리지 못하기 때문이다.

레드나 훅스 씨도 놀란 건 마찬가지인 듯, 암벽을 타고 내려가면서 수정을 손으로 툭툭 쳤다. 잘 보니까 반대편의 암벽 전체가 은(Silver)으로 되어 있었다. 저걸 캐내면 대륙 전체가 10년은 쓸 수 있는 양이 될 것이다.

동굴 바닥에 발을 내디딘 훅스 씨가 주변을 둘러보았다. 그는 아직도 뭔가 미심쩍은지 경계를 풀지 않고 있었다.

"말이 안 되는군. 세계를 지배할 뻔했던 마신 이누타브가, 고작 이런 보석 동굴 하나를 지키기 위해서 말키스급 드래곤에게 금제를 해 두었단 말인가."

이 규모를 보고도 '고작'이라니. 역시 전설의 용병단의 멤버는 뭔가가 다르다. 물욕에는 별로 관심이 없어 보였다.

나는 나름대로 추리를 해 보았다.

"자신이 부활했을 때 군자금으로 쓰기 위해서가 아니었을까요? 부하들에게는 돈이 필요하잖아요."

있을 법한 소리다. 신이 아무리 강해도 직접 싸우는 일은 드물고, 보통 부하들끼리 싸우기 때문이다. 혹스 씨는 고개를 설레설레 저었다. 그의 눈에는 약간의 공포가 감돌고 있었다.

"사방신은 부하 따위 필요 없네. 그건 우리가 북방신 알기로스와 싸우면서 깨달은 사실일세. 전 멤버가 총력을 동원했지만, 사방신 중에서 최약체인 알기로스를 상대로 전멸할 뻔한 게 한두 번이 아니야. 하물며 최강신 이누타브라면 이런 건 전혀 필요 없네."

그 단정적인 어투에 새삼 놀랐다. 내가 알기로 혹스 씨는 이렇게 단정 짓는 사람이 아닌 것이다. 그만큼 신의 힘은 절대적이라는 뜻이다.

"사, 사방신 알기로스와 싸웠다구요!"

이건 또 무슨 소린가! 골든프릭스가 수많은 모험으로 영웅처럼 불린 건 알고 있지만, 설마 신과 싸웠다니! 그것도 반신이 아니라 고대 사방신이라는 건 충격을 가져왔다.

훅스 씨가 한숨을 내쉬었다.

"알기로스가 우릴 죽일 생각이 없었고 대충대충 싸우는 게 눈에 보였네. 그때 절실하게 느꼈지. 사방신이란 건 인간의 힘이 닿지 않는 영역에 있다는 것을."

"그, 그런."

할 말을 잃었다.

골든프릭스의 멤버는 모두 여덟 명이다. 그들 하나하나가 훅스 씨에 맞먹는 고수들이다. 이미 스켈레톤 드래곤을 잡은 적이 있을 정도로, 골든프릭스 용병단의 힘은 엄청난 것이다.

그런 골든프릭스의 전 멤버가 나섰는데도 신에게는 못 미쳤다. 북방신 하나를 상대로 농락당했다. 그 사실은 내게 새삼 공포를 일으켰다.

내가 레벨업으로 끝없이 강해진다고 해도, 언제고 부활할 이누타브를 쓰러뜨릴 수 있을까? 어쩌면 이누타브는 9클래스 마스터 페드라크를 쓰러뜨릴 때도 장난처럼 상대했을지도 모른다.

그때 레드가 뭔가를 발견했는지 크게 소리를 질렀다.

[ 우끼이끼익( 저거 봐! 어서! ) ! ! ]

"뭔데 그래?"

나와 훅스 씨는 레드가 올라가 있는 5미터짜리 백금 동산을 올라갔다. 백금 한 덩어리만 있어도 수천 골드가 넘어가니, 이 동산의 가치는 최소한 수십만 골드는 될 것이다.

그러자 이 동굴 맞은편에 한 사람만 들어갈 수 있을 정도로 좁고 어두운 밀실이 눈에 띄었다. 아마도 므나쎄는 저 장소를 지키기 위해서 이 자리에 있었던 것이다.

밀실은 절벽 한가운데 있지만 내 점프력과 악력이면 충분히 올라갈 수 있다.

"일단 들어가 보죠."

"아아. 저 안에 뭐가 있을지 기대되는군."

훅스 씨는 설렌 표정을 감추지 못했다. 훅스 씨의 저런 표정을 보는 건 처음이다. 그만큼 지금 우리가 있는 곳은 역사상 누구도 오지 못했던 미지의 장소인 것이다.

그런데 정작 발견한 레드는 머뭇거리며 움직이려 하지 않았다. 주변에 널려 있던 수정과 금덩이를 몇 개씩 챙기던 나는 그런 레드를 힐끔 바라보았다.

"뭐 하냐, 안 따라오고."

[ 끼익끼기( 난 안 갈래 ). ]

"왜?"

레드는 인상을 잔뜩 찌푸렸다. 놈은 저 동굴을 바라보는 것만으로도 비위가 상해 보였다. 그건 근본적인 혐오감에 가까웠다.

[ 끽끽끼익끽끽( 저거 불쾌해! 들어가기 싫어! ) ! ]

"그러냐."

나는 심드렁하게 대답했지만 머릿속이 약간 복잡해졌다. 레드는 동방에서 유명한 반신의 사념체다. 그런 레드가 거부감을 느낀다는 건— 저 장소가 신족에게는 그리 달갑지 않은 곳이란 뜻이다.

저 안이 함정일 가능성도 배제할 수 없다. 새삼 그 사실을 떠올린 나는 잠시 고민하다가 레드에게 말했다.

"만일 우리가 못 돌아오면 대천문으로 가서 기다려 줘. 그래도 안 오면 노움 신관인 블라스팅에게 그 사실을 말해 줘."

블라스팅이라면 어떻게든 수를 내서 해결해 줄 것 같다. 그게 아니라도 탈출에 도움은 될 것이다.

[ 끼익( 귀찮은데 ) . ]

"부탁이다."

[ 끽( 알겠다 ) . ]

내가 레드를 똑바로 바라보자, 레드는 잔뜩 인상을 찡그리며 궁시렁거렸다. 그러고는 고개를 끄덕이며 보석을 줍기 시작했다. 녀석도 반짝이는 걸 매우 좋아하는 것 같다.

잠시 후 나와 훅스 씨는 절벽 한가운데의 조그마한 밀

실에 진입했다. 예상했던 것과는 달리 이것도 들어갈수록 커지는 구조였다.

그리고, 딱 방 하나만 한 크기의 암실(暗室)이 눈앞에 모습을 드러냈다. 아무리 생각해도 이게 이 동쪽 유적의 마지막으로 보였다.

어스름하게 물체가 비쳐 보이는 암실에는 정체를 알 수 없는 기하학적인 도형과 언어가 가득 쓰여 있었다. 그리고 장식처럼 놓여 있는 책들은 허공에 박히듯이 떠올라 있었다.

웅웅웅.

나는 다시 세븐스 라이트의 마법을 쓰려고 했지만, 뜻밖에 마법이 시전되지 않았다. 마력이 부족하기보다는 이 장소에 마법을 금지하는 능력이 있는 것 같았다.

훅스 씨는 내부를 둘러보다가 말했다.

"아무래도 여기는 수상하군. 저 중앙의 마법진 위에 서라는 것처럼 유혹하고 있어…."

"……."

나는 물끄러미 중앙의 마법진을 보았다. 대천문에 있는 것과 같은 모양이었다. 단지 색깔은 어스름한 녹색으로 빛나고 있었다.

이제 어떻게 하지? 저 마법진 위에 서는 것은 어쩐지 내키지가 않는다. 저게 만일 함정이라면 내가 아무리 8

클래스 대마도사라도 목숨을 보장할 수 없는 것이다.

그렇다고 이대로 물러나기도 내키지 않는다.

내가 망설이고 있을 때, 내 눈가에 문장이 빠르게 생성되었다. 실로 오랜만에 보는 문장이었다.

블랙북 Ver. II 반신전을 열람하시겠습니까?

낯선 단어는 아니다. 나는 저번에 템페스트 능력을 익히면서 블랙북도 같이 업그레이드 했다. 놈은 업그레이드를 하자 제멋대로 반신전이란 걸로 바뀌었고, 그 이후로 나는 한 번도 열어 보지 않은 것이다.

나는 물끄러미 그 창을 보다가 말했다.

"열어."

이미 내 주변의 시간은 멈춰 있었다. 잘 모르겠지만, 블랙북을 열 때는 주변의 시간을 정지시키는 모양이다. 명령을 내리자마자 공간이 은빛으로 찢어지고, 그 안에서 실타래처럼 풀려나온 나선이 다시 책 모양을 이루었다.

광채가 어둡게 가라앉는다. 마치 이 세계에서 다시 만들어지는 것 같은 광경이었다.

[오오오오오오오오오… 왔다, 왔다!! 힘들면 찾아온다!! 안 힘들어도 찾아올까나?! 출장비는 무료!! 정성은 최대!! 물론 가격은 염가에!!! 이게 바로 블랙북 퀄리티!! 지금 바로 찾아 주셔요!!]

뿌우~

아기천사가 웬 나팔을 불면서 블랙북 주변을 휘돌고 꽃잎이 흩날렸다. 왠지 모르게 월계수 나무까지 피어나면서 장식했다. 나는 그 요란한 광경을 이미 한 번 본 적이 있어서 내 용건만 말했다.

"어이, 블랙북. 또 무슨 미련이 남아서 내 앞에 나타난 거냐. 할 말이 있으면 후딱 해 버리고 꺼져 버려!!"

[…….]

이놈에겐 좋은 감정이 없어서 잔뜩 으르렁거렸다. 그도 그럴 것이, 정체불명에다가 수다쟁이를 앞에 두면 누구라도 신경질적으로 변한다. 게다가 내 원래 성격이 예민해서 블랙북이 싫다.

잠시 침묵하던 블랙북은 책장을 펄럭거리면서 킬킬거렸다. 놈은 이 상황이 재밌어서 견딜 수 없는 것 같았다.

[각성해서 재미 좀 보셨는지? 전보다 레벨이 높아지셨군요. 이제 쪼렙은 아니신 거 같은데~]

쪼렙은 또 뭐야?

아무튼 가만히 있어도 신경질을 불러일으킨다.

"네놈은 알 수 없는 소리 하지 말고 이 상황이나 설명해 봐."

이 자식이 정말 마음에 들지 않는다. 거의 상한 음식만큼 싫다. 내가 으르렁거리자, 블랙북은 잠시 흠칫하더니 풀죽은 목소리가 되었다.

[조, 좋은 이야기를 하러 왔는데 이런 대접이라니! 전 진심으로 상처 받았습니다~ 그래도 당신이라면 좀 더 저랑 재미있게 지낼 거라고 생각했는데.]

"응?"

왠지 나를 이미 알고 있었다는 말투다. 잠시 침묵하던 블랙북은 갑자기 오색 불빛을 터뜨리며 책장을 펄럭거렸다.

퍼버벙!

[뭐 상관없지요~ 그럼 일 얘기를 해 볼까요~]

회복이 빠른 놈이다.

[네에네에 이번에는 저번보다 좀 더 심각한 문제군YO! 눈앞에 함정인 게 뻔히 보이는 마법진이 있다! 그 위에 설 수 있을KA?! 이건 용기의 문제가 아니죠! 이럴 때를 대비해서 블랙북이 있는 겁니다! 지금부터 반신전으로 업그레이드 된 저의 화려한! 센세이션! 스펙터클 초대박 반전드라마를 보여 드리겠습니다!]

"……."

별로 기대되진 않지만, 녀석은 잔뜩 마법 효과와 퍼포먼스를 보이면서 춤을 췄다. 옆에서 같이 돌고 있던 회색 아기천사도 덩달아 신이 난 모양이다.

근데 반전 드라마는 대체 뭐야.

이놈은 알 수 없는 소리를 해 대서 불안하다. 내가 블랙북을 못 미더운 눈으로 바라보고 있자 블랙북이 자신만만하게 말했다.

[결론부터 말하자면 이건 저언혀 위험한 마법진이 아니에요~ 그렇다고 대천문 같은 이동문도 아니지요~ 구체적으로 말하자면. 당신만의 스킬인 '신의 존재증명' 같은 거랄까요. 다른 사람은 몰라도 당신에게 있어서는 전혀 위험한 게 아니랍니다아~]

"신의 존재증명!"

나는 그 말에 왠지 가슴 한 켠이 섬뜩해지는 것을 느꼈다. 그건 지금까지 내가 애써 의식하지 않으려 했던 스킬이다.

지금까지 모험 중에 은근슬쩍 [신의 존재증명]의 레벨이 올랐다. 나는 스킬 설명을 보려고 했지만 모조리 ???으로만 나와 있었다.

그렇다고 경험치를 투자해서 레벨업을 할 수도 없는 스킬이었다. 다음 레벨까지 필요 경험치가 −100이라고 하니 경험치를 넣을 수가 없었다.

세이브 포인트

그렇다고 무시할 수도 없었다. 실제로 항구에서 삐에로와 마주쳤을 때나 여러 분기에서 자동으로 발동한 스킬이다. 여러모로 내게 있어서 사족 같은 스킬인 것이다.

블랙북의 말이 이어졌다. 어쩐지 과거를 되짚는 듯 아련한 목소리였다.

[그 스킬을 창안한 것은 안셀무스(Anselm). 원래는 우리 모두에게 가장 가깝고 절친했던— 뛰어난 현자였지요. 그의 능력은 정말로 대단해서, 한 치의 어긋남도 없이 신의 존재증명을 만들어 냈어요. 이 세상에 존재하는 어떤 스킬보다 완벽하게.]

그 말에는 강한 자부심이 깃들어 있었다. 블랙북은 안셀무스를 진심으로 자랑스러워하고 있다.

"안셀무스? 그런 이름은 들어 본 적 없어."

정말로 나는 들어 본 적 없다. 8클래스 익스퍼트에 이르는 모든 마법 지식을 동원해 봐도, 그런 마법사는 없다. 지금의 내가 모른다면 절대 유명한 마법사가 아니다.

게다가 스킬에 창시자가 있다는 말은 금시초문이다. 모든 스킬은 자연스럽게 세상에 존재하고 있는 게 아니란 말인가.

[아하하하!! 안셀무스가 불쌍해YO. 다른 사람도 아니고 당신이 그런 말을 하다니, 정말 이 세상은 재미있군요.]

내 지당한 의문에 블랙북은 뭐가 그리 우스운지 키득

거렸다. 나는 조롱당하는 기분이 들어서 기분이 나빠졌지만 블랙북은 말을 이었다.

[저 마법진은 신의 존재증명을 지니고 있는 당신만이 발동시킬 수 있습니다. 허접쓰레기 같은 드래곤이나, 껍데기만 남아 있는 거짓 신(僞神)들 따위는 가치를 알 수 없지요.]

그 때문에 므나쎄가 여기서 관심을 끊은 걸까.

마법 생물 드래곤이 발동시킬 수 없다면, 그 어떤 존재도 이 마법진을 구동시킬 수 없다고 판단한 것이다.

'그건 그렇고.'

블랙북의 어조는 의외로 신랄했다. 놈은 이상할 정도로 드래곤과 신에게 반발감을 지니고 있다. 내가 그 의미를 생각하고 있을 때 옆에 있던 회색 아기천사가 다가왔다.

스윽.

산달폰이라고 하는 그 아기천사가 내게 웬 나팔을 내밀었다. 잘 보니 산달폰에게는 눈동자가 없었다. 그저 눈자위가 회색으로 변해 있다.

나도 모르게 나팔을 받아 들자, 내 눈앞에 창이 떴다.

### 제5천 마테이(Mathey)의 지배나팔
장비 종류 : 불명

등급 레벨 : 불명
　　마법부여 레벨 : 불명
　　속성 : 연옥
　　소유주 : 산달폰
　　현재 사용가능 기술 : 제5천의 연옥
　　현재 사용가능 마법 : 마테이의 부름(Call of Mathey)
　　자동 소유 능력 : 불명

"엑, 이건 뭐야."

뭐 이따위로 불친절한 아이템이 다 있어?! 내가 황당해서 산달폰을 바라보았지만 산달폰은 이미 블랙북 뒤쪽으로 날아가고 있었다. 블랙북이 씨익 웃으면서 내게 말했다.

[그 나팔은 하나의 세계를 지배하는 권능이 있습니다. 혹시 몰라서 보험으로 준비했으니 걱정 마세요. 그 나팔을 들고 마법진으로 들어가시면 됩니다.]

"한 세계라니."

나는 블랙북의 말에 의문을 터뜨렸다.

"여기 말고 또 다른 세계가 있다는 뜻이냐?"

블랙북은 태연하게 대답했다.

[뭐 정령계라던지 명계라던지 많잖아요? 그런 거랑 비슷한 곳이에요. 근본적으로는 다릅니다마안~]

"말꼬리 흐리지 마."

블랙북이 뭔가를 숨기고 있는 느낌에 꺼림칙해졌지만, 일단 나팔을 받아 들긴 했다. 마법 아이템이 하나 생겼으니 나쁠 것은 없다.

 나는 퉁명스럽게 말했다.

 "마지막 질문인데, 내가 저 마법진에 들어가면 어떤 일이 생기는 거냐. 그것도 모르고 들어가라니 말도 안 되잖아."

 [아! 그걸 깜박했군요.]

 "정신 좀 챙겨."

 내가 핀잔을 주자 블랙북은 무안한 듯 몸을 배배 꼬았다. 그리고 내 말을 못 들은 척하면서 이내 쾌활하게 대답했다.

 [졸~라 쎄집니다! 앗싸리! 어딘가의 투명한 드래곤처럼 졸~라 짱 쎄져요! 한 번 울부짖으면 발록이고 뭐고 다 도망칠 듯. 자폭 피하기는 못하십니다만.]

 자, 자폭 피하기?

 "……."


 두웅.


 그리고 정지된 시간이 풀렸다. 그와 동시에 블랙북과 산달폰도 사라져 버렸다. 놈은 아무래도 내 말에 대답하

세이브 포인트 299

기 싫어서 강제로 공간을 닫아 버린 것 같다.

"에잉."

나는 찝찝함에 머리를 긁었다.

늘 이런 식이다. 블랙북 놈은 내가 곤란할 때마다 불쑥 나타나서 단서를 주고 사라진다. 그 말대로 하면 강해지는 건 틀림없다.

하지만 이렇게 휘둘려서야, 나중에 블랙북이 나쁜 마음을 먹으면 내가 대항할 방법이 없다. 어떻게든 블랙북의 정체를 알고 싶다.

훅스 씨가 갑자기 내 손에 들려 있는 나팔을 보고 눈에 이채를 띠었다.

"그건 뭔가?"

"그냥 받은 겁니다."

나는 그렇게 대꾸하고는 성큼성큼 앞으로 걸어갔다. 블랙북이 거짓말을 한 적은 없으니, 이번에도 한 번 믿어봐야겠다. 정말로 강해질 수 있다면 이런 것쯤은 아무것도 아니다.

이윽고 내가 마법진 위에 서자 훅스 씨가 담배를 입에 물었다. 그리고 태연하게 말했다.

"걱정 말게. 악마로 변하면 내가 베어 주지."

"…그거 농담이라고 하시는 건가요."

아니, 응당 그래야겠지만 당사자 앞에서 그 말을 하면

어떻게 하자는 겁니까! 기분만 이상해진다고!

"진담인데? 그냥 긴장 풀라고 말하는 거지만."

"아, 네에."

나는 떫은 표정으로 대답했다. 왠지 훅스 씨는 진짜로 날 베고도 남을 것 같다. 제발 나쁜 일이 없기만을 바라며 나팔을 손에 쥔 채로 기다렸다.

잠시 후, 마법진에서 녹색 빛이 은은하게 떠올랐다.

동시에 내 눈앞에 창이 연속해서 떠올랐다.

[사용자 인식 '신의 존재증명' 소유 유무 확인.]
[소유 확인. 스파이 및 힙노틱(최면) 상태 해제 중.]
[저주 및 독, 질병 확인 중. 성기사 고유스킬로 인해 100% 안전함을 확인. 추가로 미세균사 제거 중.]
[대상의 체력과 마력을 최대치로 회복하는 중.]
[현재까지 총 0번 전생함을 확인했습니다.]
[종족 인간. 성별 남성. 아직 각성하지 못함.]

지이이잉.

순간 전신에 푸른 막이 한 차례 쓸고 지나갔다. 하지만 아무런 감각도 없었다. 놀라운 것은 그 막이 지나가자마자 체력과 마력이 회복되고, 피로가 풀리는 게 느껴졌다. 심지어 졸림도 없어졌다.

신의 존재증명이 있으면 주인으로 인정하는 건가.

R. L 님으로부터 전언이 도착했습니다. 전언을 지금 확인하시겠습니까?

R. L이라고? 그건 누구지.

나는 확인한다는 뜻으로 고개를 끄덕였다. 그러자 지금까지 보던 것처럼 눈앞에 창이 빠르게 떠오르더니 글자와 음성이 흘러나왔다.

20대 중후반의 남성 목소리였다. 약간 쇠약하다.

From Rogast Ma Lamagis

자네가 이 글을 확인할 때쯤에, 나는 아마 이 쇠약한 몸뚱아리를 이끌고 사자(Messenger) 프로젝트에 참여하고 있겠지. 킬리우스는 오만하고 탈마일은 남을 의심하니, 내가 가서 중심을 잡아 줘야 할 것 같네.

사실 자네가 있으면 이런 걱정은 안 해도 되는데, 하여튼 갑자기 자네 몸이 나빠진 것이 걱정스럽네. 조만간 병문안 가도록 하겠네.

아, 그 이야기 들어 봤나? 중앙제어실의 오레이칼코스(Orichalcum)가 코드연산을 거의 끝낸 것 같아. 관심 있으면 킬리우스에게 가서 물어 보게.

그럼 이만 몸조리 잘 하게.

상당히 정중하고 기품이 느껴지는 목소리다. 글쓴 이는 오레이칼코스를 언급하고 있었다. 그런데 그건 카르르기가 속해 있는 비밀결사의 이름인데?

내가 고개를 갸웃거리고 있을 때 연속해서 눈앞에 창이 떠올랐다. 그리 급박하지도 느려지도 않게 해야 할 일을 하는 것 같았다.

[기동이 완료되었습니다.]
[세이브 하시겠습니까?]

이건 뭘까.
"세이브가 뭐야?"

처음 들어 보는 단어다. 내가 알지 못하는 새로운 마법일 가능성도 있다. 내가 어리둥절해서 질문하자, 창이 대답해 주었다.

[세이브(Save) : 무엇을 하건 세이브는 자주 하는 것이 바람직하다. 작업하던 것 깔끔하게 날려 먹고, 도저히 돌이킬 수 없는 상황이 닥친 후에 땅치고 후회해 봤자 아무짝에 쓸모없다.]
[사전 주석은 킬리우스 님이 달아 주셨습니다.]

"아니 자세히 설명을 해 줘야지…."
나는 조금 당황했다. 킬리우스라는 놈은 세이브에 대한 개인적인 느낌을 해석이랍시고 달아 놓은 것이다. 자기중심적인데다 오만하다는 성격이 이해가 되었다.
나는 별수 없이 고개를 끄덕였다.
"세이브 할게. 뭔지 모르겠지만."
철컹.
시계추 같은 소리가 한 번 울려 퍼졌다.
[세이브 되었습니다.]
[권한에 의해 세이브 장소는 제한되어 있으니 주의하

시기 바랍니다.]

[메인터넌스 룸(Maintenence Room)으로 이동하시겠습니까? 현재 대기실에는 0명의 대기인이 있습니다.]

"다른 곳은 갈 만한 데 없냐?"

내가 물어보자 창이 잠시 침묵했다. 그러고는 여러 번에 걸쳐서 무언가를 계산했다. 내 앞에 서 있던 훅스 씨는 신기한지 담배를 뻑뻑 피면서 이 광경을 보고 있었다.

잠시 후 내 눈앞에 창이 터져 나오듯이 떠올랐다.

[타키온 렙(Tachyon Lab) 이동할 수 없습니다.]
[에레보스 렙(Erebos Lab) 이동할 수 없습니다.]
[헤븐 리츄얼(Heaven Litual) 이동할 수 없습니다.]
[서브리딩 룸 이동할 수 없습니다.]
[엔트런스 봉쇄]
[경계 시스템의 작동에 오류가 발생했습니다.]
[위험도 72.68%에서 오차 8.9%. 사망위험률 92%. 모체의 동체 파손률이 높으니 이동하지 않으시는 걸 권장합니다.]
[사용자의 안전을 위해 이동가능 장소를 메인터넌스 룸과 엔젤하이로(Angel Halo)로 제한합니다.]

"……."

뭐, 뭐지, 이건?!

뭔지는 잘 모르겠지만, 어쩐지 다른 세계는 지금 심각한 상황인 것이다. 사망률 92%라는 대목에서 감이 잡혔다. 즉 건물이 거의 다 붕괴되고 안전한 곳이 두 군데밖에 남지 않았다는 건가.

나는 잠시 혼란에 빠져들었지만, 이내 정신을 차렸다. 이렇게 된 이상 두 군데 중 어느 한 군데라도 가 봐야 한다. 나는 혹시나 하는 마음에 물어보았다.

"메인터넌스 룸에서 엔젤하이로로 직접 이동할 수 있는 거냐? 엔젤하이로는 뭘 하는 곳이지?"

대답은 즉시 흘러나왔다.

['신의 존재증명' 소유자는 이동 가능합니다. 엔젤하이로에서는 장기동결자와 죄수를 보관하고 있습니다. 용무가 없으시면 출입하지 않으시는 걸 권장합니다.]

나는 잠시 생각했다.

일단 가 봐야 본전 아닐까? 지금 이 창이 말하는 바로는, 돌아오는 것이 얼마든지 가능하다는 뜻이다. 정령계나 명계 같은 또 다른 세계를 탐험한다는 게 끌렸다.

사망위험률이 높긴 하지만 그 정도는 이 세계에서도

늘상 겪었던 게 아닌가! 나는 이내 마음을 굳히고 말했다.

"메인터넌스 룸에 갈게."

거기에서 엔젤하이로로 이동하는 식으로 다른 세계를 탐험하자. 일단 어감이 좋아서 메인터넌스 룸을 선택하기로 했다.

[명령을 실행하겠습니다.]

고오오오오.

마법진의 녹색 빛이 점차 강렬해졌다. 그러고는 공간에 마치 실제로 있는 것 같은 선홍색의 큐브를 만들어 냈다. 그 큐브는 360도 회전하더니 내 눈앞에 멈춰 섰다. 환상이라고는 믿을 수 없다.

이걸 만지면 이동하는 건가?

동방신 이누타브가 드래곤을 경비로 세우면서까지 숨기려고 했던 다른 세계로!

내가 홀리듯이 큐브 위에 손을 뻗는 순간, 시야가 새하얗게 백열되었다.

그리고 그 선택이 내게 있어서는 최대의 실수이자 기회였다는 걸 깨달은 건, 그로부터 얼마 지나지 않아서였다.

쿠웅.

내가 눈을 떴을 때는, 세계가 확 바뀌어 있었다. 어둡고 침침한 동굴이 아니라 철 덩어리로 가득 찬 방 안에 내가 서 있었다.

이 방에는 영문 모를 것들이 잔뜩 있었다. 내 표현력이 부족해서 말을 못 하겠다. 단지 이곳은 괴이쩍을 정도의 정적이 가득 차 있다.

우우우웅. 우웅.

전기가 울리는 듯한 진동음이 연속해서 귓가를 자극한다. 나는 그 파장이 정신을 혼란시키는 것 같아서 인상을 찌푸렸다.

힐끔 위를 바라보자, 입구에는 메인터넌스 룸이라고 적혀 있었다. 신기한 것은 내가 배운 적이 없는 글자인데도 손쉽게 읽을 수가 있다.

"여기는 뭐지?"

마도사의 연구실인가.

그렇다고는 해도 땅이 전혀 보이지 않을 정도로 강철로 사방을 메워 놓다니 악취미다. 이 방에서 나가려고 입구에 갔지만, 입구는 그저 빨간 불만 들어온 채 미동도 하지 않았다.

이거 미닫이문이야, 앞뒤로 열고 닫는 문이야?

나는 손을 뻗어서 강철 문을 세게 밀어 보았다. 그러자 강철 문이 벌컥 휘면서 그대로 밀려 나갔다. 조금 더 세게 밀자 문이 통째로 뜯겨 나갔다.

쿠궁.

내가 밖으로 한 걸음 내딛자, 밖은 안과 비교할 수 없을 정도로 폐허가 되어 있었다. 곳곳에 사람 해골이 널려 있고 새까맣게 탄 흔적이 곳곳에 보였다.

'화재가 났던 건가?'

나는 불빛도 없이 어두운 강철 통로를 천천히 걸어가면서 주변을 둘러보았다. 역시 살아 있는 사람은 보이지 않는다.

나는 청력을 써서 이곳의 구조를 감지하려 했다.

파지직!

"크윽! 대체 뭐야!"

하지만 아까 느꼈던 전기 파장 때문에 제대로 소리가 들리지 않았다. 여긴 알 수 없는 파장으로 가득 찬 것 같다. 다행히 마법은 쓸 수 있는 것 같지만 조심해야겠다.

그때 창이 떠올랐다.

[전용 맵핑(Mapping)을 개시하겠습니다.]

[사용자는 안전에 신경 써 주십시오.]

파아앗!

그러자 내 뇌 속에 쑤셔 박히듯이 이곳의 지리와 모든 사물의 위치가 박혀 들어왔다. 샛문에서 비밀 통로에 이르기까지의 모든 것이 들어오자, 마치 수십 년 동안 살았던 것처럼 훤하게 되었다.

이거 괜찮은데!

나는 경쾌하게 뛰듯이 걸으면서 전진했다. 이 기묘한 정적도 그리 겁나지 않는다. 길을 다 알고 있으면 공포감은 덜하다.

어슴푸레한 불빛이 끊어질 때쯤 무너져 버린 잔해 때문에 길이 막혔다. 나는 5클래스의 마력을 집중해서 강화 파이어 볼을 곧장 내쏘았다. 수북하게 쌓여 있던 잔해들은 순식간에 날아갔다.

쿠구궁.

잔해가 밀어나고 나타난 것은 엔젤하이로로 통하는 긴급 피난 통로였다. 해골이 널려 있어서 마음을 복잡하게 했다. 피난하려다가 연기에 질식해 죽은 사람들의 유골 같다.

유해는 얼추 보아도 수백여 구 이상이다.

"떼죽음이로군."

여기서는 대체 어떤 참극이 일어났던 걸까.

엔젤하이로까지는 이제 채 200미터도 남지 않았다. 내가 천천히 걷고 있을 때, 어둠 속에서 크르릉거리는 소리가 강하게 들려왔다. 그 소리 속에는 강렬한 살기가 섞여 있었다.

위잉— 철컥.

이윽고 나를 둘러싸듯이 중앙현관에서 나타난 것들은 사람처럼 생긴 철 덩어리였다. 겉모양만 보면 사람이지만, 나는 그놈들의 내부에 철 덩어리가 들어차 있는 것을 알 수 있다.

이놈들은 뭐지? 사람은 아닌데.

다른 세계의 몬스터인가.

### 선민의 수호자(Guardian of Chosen)

Lv. 25 안드로이드
Lv. 10 배틀모빌
HP : 1,500
MP : 1,000

끼리릭거리면서 무표정한 남자 놈들이 새하얀 옷을 입고 걸어오고 있다. 나는 이누타브 블레이드를 들고 있다가 놈들이 내 간격에 들어오자마자 범처럼 날 듯이 공격했다.

"어쨌든 한 판 붙자 이거잖아!"

지금의 나라면 이놈들 정도는 식은 죽 먹기다!

기계적으로 반응한 맨 앞의 놈의 손이 마치 공구처럼 변했다. 무언가를 뚫어 파내기 위한 것처럼 변한 것— 나선형의 기계다. 나는 그 공격을 종이 한 장 차이로 피하며 수월하게 목을 베어 버렸다.

내 공격은 거기서 끝나지 않았다. 그대로 파이어 볼과 블리자드의 주문이 튀어 나가면서 사방에 있던 여덟 놈을 박살 내 버렸다. 백스텝을 밟으며 측면에 있던 괴물에게 발차기를 날렸다.

꽈과광!

"엥?"

나는 그만 입에서 어이없는 소리를 내었다.

내 힘으로 발차기를 하면 절벽을 반으로 갈라 버릴 수 있다. 하지만 놈은 내 발차기를 배때기에 맞고도 허리가 한 번 접혀서 날아갈 뿐, 피를 뿜어내지 않았다.

뭐야, 저 자식! 엄청 단단하잖아.

끝장을 내기 위해서 이누타브 블레이드를 거머쥐고 걸어갈 때, 벽에 처박혀 있던 놈이 기계음을 내면서 말했다.

[침입자… 전투레벨 473의 〈배틀 마스터〉급으로 확인… 행성 본국에서도 다섯 명밖에 없는 레벨로 인식… 자폭코드를 승인한다.]

놈은 말을 끝내자마자 가타부타 따지지도 않고 내게 미친 듯이 달려왔다. 놈의 정신은 나를 붙잡는 데에만 집중되어 있다. 나는 놈을 잠깐 쳐다보고는 나직이 중얼거렸다.

"티마이오스."

파밧.

곧장 멈춰 버린 시간의 회랑이 등장했다. 뭔진 몰라도 자폭하려는 놈과 같이 놀아 줄 수는 없다. 나는 티마이오스로 피해 버리고는 주문을 시전해서 대기시켜 두었다.

"아이시클 레이(Icycle Ray), 버스터 어택(Buster Attack)."

이래 봬도 8클래스 대마도사다. 기회를 잡는다면 체력 1,500 정도 한순간에 없애는 건 일도 아니다.

허공에 떠오른 마법 각인은 티마이오스의 공간이 끝나자마자 놈에게 작렬했다. 영하 80도의 냉기 광선과 파괴 역장이 등에 부딪히자 놈은 비명도 지르지 못하고 저만치로 날아가 버렸다.

쿠구구궁.

잠시 후 놈이 자폭한 듯 폭발음이 울렸다. 통로를 타고 시커먼 불길이 몰려올 정도로 강렬한 폭발이다. 하지만 나는 화염 저항의 방패를 둘러싼 채로 태연하게 걸어갔다.

"병신. 자폭한다고 알려 주면 누가 못 피하냐?"

하여튼 만든 녀석도 성격 이상하다. 적에게 당황과 좌절을 안겨 주기 위해서 일부러 저렇게 만들어 놓은 건가. 그렇다고 해도 악취미다.

나는 곧 엔젤하이로에 도착할 수 있었다.

엔젤하이로의 정면 입구에는 〈엔젤하이로는 자치령 내의 안드로이드 배틀을 권장하고 있지 않습니다〉라는 글귀가 적혀 있었다.

그러고 보니 여기가 죄수와 장기동결자라는 걸 놔둔 데라고 하던가? 죄수는 알겠는데 장기동결자는 무슨 말인지 모르겠다. 나는 호기심을 느끼며 엔젤하이로의 정문으로 발을 옮겼다.

파지지직!

[허가받지 않은 자는 엔젤하이로에 출입할 수 없습니다. 관계자라면 레벨 5의 마스터패스를 출입문에 인식시켜 주십시오.]

"뭐야 이거! 전격 마법?"

하마터면 손이 익어 버릴 뻔했다. 마치 경고하듯이 3클래스급의 뇌전이 내 손으로 흘러들어 온 것이다. 내가 마법을 익히지 않은 보통 사람이었다면 내장이 구워졌을 정도다.

나는 이 문을 통과하려면 열쇠 같은 게 있어야 한다는 사실을 깨달았다. 마도사의 연구실에서는 종종 볼 수 있는 일이다. 자신의 연구 성과를 도둑맞기 싫어서 비밀키를 만들어 두곤 한다.

내가 고민하고 있을 때, 재차 문에서 말했다.

[대상 마스터패스가 필요 없음을 확인. 레벨 6 관리자 분들께서는 보안에 신경 써 주시기를 바랍니다. 즐거운 하루 되십시오.]

쿠르르릉.

그리고 다섯 개도 넘게 있었던 보안 문이 마치 썰물처럼 열려 버렸다. 투명화 주문이라도 걸려 있었는지 지금까지는 보이지 않았다. 마치 어서 옵쇼라는 듯한 반응이었다.

"……."

이건 대체 무슨 상황일까. 침입자가 찾아왔는데 대뜸 문을 활짝 열어 버리다니. 이 세계는 내가 생각했던 것보다 훨씬 이상한 곳일지도 모른다.

나는 머뭇거리면서 엔젤하이로 안으로 들어왔다. 그러자 엄청나게 넓은 공간이 나오면서, 곳곳에 웬 둥근 관처럼 생긴 게 연기를 뿜어내고 있었다. 그 숫자는 가히 수천 개에 이르렀다.

다가가서 살펴보자, 그 안에는 놀랍게도 벌거벗은 사람이 전신에 유리관 같은 걸 꽂은 채 잠들어 있다! 나는 소스라치게 놀라서 한 발짝 뒤로 물러났다.

"뭐, 뭐야. 이건. 그럼 여기 있는 관짝이 전부 사람이란 말이냐?!"

나는 믿기지 않는 눈으로 주변을 돌아보았다. 자세히 보니, 관짝 안의 사람은 희미하게 숨을 쉬면서 살아 있는 것 같다.

사람을 목숨만 붙여서 놔두는 상태다.

새로 나온 따끈따끈한 고문일까. 나는 혼란을 애써 잠재우며 좀 더 안쪽으로 들어 가 보았다. 아까처럼 안드로이드라는 몬스터들은 더 이상 나타나지 않았다.

대신에 메인터넌스 룸 같은 공간에 기계가 빽빽이 들어차 있는 게 눈에 띄었다. 이곳에서는 둥그런 창 같은 기계가 있어서, 바깥의 상황을 앉아서 확인할 수 있었다. 입구에는 〈통제실〉이라고 적혀 있다.

"흠."

나는 통제실 내부에 들어서서 인상을 찌푸렸다. 사람이 죽은 지 그리 오랜 세월이 흐르지 않았는지, 피가 말라붙은 채로 썩어 가는 시체가 몇 구 보였다. 얼굴이 썩어 문드러져서 누군지는 잘 모르겠다.

그리고 내가 중앙에 있는 오렌지색 광구에 손을 뻗어

서 만지는 순간이었다.

[마침내 여기까지 왔군. 그것도 전에 없이 강력한 힘을 지니고서 돌아왔구나. 이 감정을 인간의 언어로 어떻게 표현해야 할까….]

우우우우우우우우.
순간, 어두운 통제실에 빛이 가득 밝아 왔다. 내가 놀라서 주변을 살펴보자, 둥그런 원반 위에 환상이 선명하게 떠오르고 있었다.

20대 초반의 갈색 머리 미녀. 안경을 쓰고 있는데다, 꿈에서 봤던 흰색 가운을 입고 있다. 이지적이고 완벽한 미모다. 환상인 게 명백한데도 마치 살아 있는 것처럼 내 쪽을 바라보고 있다.

나는 그 모습에 너무 놀라서 움직이지 못했다. 갈색 머리 미녀는 나를 물끄러미 바라보더니, 곧 한 발자국 다가와서는 조용히 고개를 숙였다.

[지금은 이렇게 말하도록 하죠. 돌아와서 반갑습니다, 주인님.]

다소곳하고 듣는 이의 귀를 간질이는 목소리다.

"뭐?"

내가 얼떨결에 반문하자, 그녀는 다소곳이 얼굴을 들어서 나를 바라보았다. 그러고는 왠지 서글픈 웃음을 머금으며 말했다.

[존귀하신 다섯 분의 관리자께 기함 〈오레이칼코스(Orichalcum)〉 인사드립니다. 엔젤하이로가 폐쇄되기 1년 2개월 전에 돌아와 주셔서 감사합니다.]

"……"

오레이칼코스!

나는 그 단어를 듣자 머릿속이 관통당하는 느낌이 들었다. 분명히 그건 카르르기가 속한 비밀 조직 이름이다. 그런데 여기서 저 갈색 머리 여자가 자신을 오레이칼코스라고 칭하다니.

단순한 우연으로 칭할 수 없는 무언가가 느껴졌다. 내가 머뭇거리고 있을 때 갈색 머리 미녀는 말도 없이 손을 뻗었다.

스스스슷.

"어?!"

나는 순간 비명을 질렀다. 갑자기 내 몸의 전신이 자유를 빼앗기면서, MP가 단번에 0이 되어 버린 것이다! 내가 소스라치게 놀라서 그녀를 바라보았다.

오레이칼코스는 무덤덤하게 말했다.

[지금부터 저의 복수를 시작하겠습니다. 얌전하게 죽음을 받아들여 주십시오. 그것이 5,928명의 승무원의 영혼에 대한 예의일 것입니다.]

〈『레벨업』 제5권에서 계속〉

# 레벨업

1판 1쇄 찍음 2010년 8월 28일
1판 1쇄 펴냄 2010년 8월 31일

지은이 | 크로스번
펴낸이 | 정　필
펴낸곳 | 도서출판 **뿔미디어**

기획 | 이주현, 한성재
편집책임 | 권지영
편집 | 장상수, 심재영, 조주영, 주종숙, 이진선
관리, 영업 | 김미영
출력 | 예컴
본문, 표지 인쇄 | 광문인쇄소
제본 | 성보제책사

출판등록 | 2002년 9월 11일 (제1081-1-132호)
주소 | 부천시 원미구 상3동 533-3 아트프라자 503호 (우)420-861
전화 | 032)651-6513 / 팩스 032)651-6094
E-mail | BBULMEDIA@paran.com
홈페이지 | www.bbulmedia.com

### 값 8,000원

ISBN 978-89-6359-594-8 04810
ISBN 978-89-6359-481-1 04810 (세트)

※파본은 본사나 구입하신 서점에서 교환하여 드립니다.

※이 책은 (도)뿔미디어를 통해 독점 계약되었습니다.
저작권법에 의해 보호를 받는 저작물이므로 무단 전재와 무단 복제를 엄금합니다.